マドンナメイト文庫

狙われた幼蕾 背徳の処女淫姦

高村マルス

目次

contents

狙われた幼蕾　背徳の処女淫姦

第一章　少女が魅せる恥辱の芽

結愛《ゆあ》は学校から帰ってくると、二階の自分の部屋まで階段をタタタと足音を立てて駆け上がった。

「危ないから走らないのよ。いつも言ってるでしょ」

リビングから母親の声が飛んできた。

階段には滑り止めが貼ってあるから大丈夫と言いたかったが、面倒だし、少しでも早く子供部屋で着替えたかった。

結愛は自分で買って穿いているショートパンツのことで母親に小言を言われそうな気がして、帰宅したことを悟られたくなかった。

こっそり二階に上がろうとしたが、リビングから自分の部屋へ上がる階段が見えるので、結局見つかって階段を駆け上がることになった。

グリーン系の中間色のショートパンツが腰にぴっちり張り付くようにフィットしている。後ろは真ん中の線が尻溝にしっかり挟まって食い込んでいるので、左右の尻たぶが大きな桃を二つ並べたように見えた。

コットンで薄い生地だが透けてはいない。ただ、腰からヒップへピタッとフィットするから一分丈のレギンスに近かった。イエローのニーハイソックスも穿いていて、ショートパンツとの組み合わせが少女っぽくて愛らしいうえにセクシーでもあった。

脚の脛が綺麗に反って長く伸びやかだった。ニーハイソックスが見事に似合う美脚であることは結愛もわかっていて、長い脚に似合うショートパンツを穿くことが多い。だが、今日登校するとき、そんな恥ずかしいショートパンツを穿いていくなら、もう自分では買わせないと、母親に大きな声で言われていた。それで帰ってきたときまた何か言われそうな気がしていたのだ。

母親は書道師範の資格を持っていて、自宅の居間で週に二回書道教室を開いている。教室で使う居間には草書で和歌が墨書された掛け軸が飾られていたが、母親の部屋も壁は掛け軸や書道の賞状でびっしりと埋まっていた。

父親と母親の部屋の趣味は見事に異なっており、家電メーカーにエンジニアとして勤める父親の部屋は先端技術の機器のモデルや車のミニチュアモデルが所狭しと置かれていた。

結愛も小さいころから書道を習わされていたが、最近ダンスに興味が湧《わ》いてダンス教室の無料見学に行ってきた。好きなのはヒップホップダンスで、ちょうどそのダンスを見学できた。

ヒップホップダンスは恥ずかしいダンスだというのは偏見だし、集団で行うので協調性が養われると言われている。結愛が母親にそんな話をしたところ、無断で見学に行ったことをひどく怒られただけで、まったく取り合ってもらえなかった。

以前同級生の綺麗な女の子でバレエを習っている子がいて、一時期自分もバレエ教室に行きたいと思っていた。だが、その子が練習中大きな怪我をしたことであまり考えなくなった。単にレオタードや衣装を着てみたいという見かけの欲求で憧れていたにすぎなかったのだ。

ただ、可愛い姿を人に見られたいという願望は旺盛で、ダンス教室には本気で通いたいと思っていた。それが母親の無理解で頓挫《とんざ》していた。

結愛は身長が百四十八センチで、頬の子供肉がふっくらして可愛いが、スラリとした大人っぽい身体つきの少女である。子供ではあるが成長した少女なので、幼稚なうるささはないし、突飛もない行動もしなくなっていた。学校の教師からも大人になってきたと言われ、嬉しいやらドギマギさせられるやらだった。

結愛は人懐っこい感じの少女ではない。マイペースな子に見えるが、無神経な嫌な感じはしない。

肩までまっすぐ伸びた艶のある髪はけっこう色っぽい。前髪が二つに分かれて丸い綺麗な眉にかかっている。そのやや厚みを感じる前髪にキラッと光る艶の帯ができていた。

ほっそりした身体だがギスギスした感じはなく、年齢相応に発育している。去年まったく膨らんでいなかった乳房も胸板からポコッと飛び出していた。

ブラジャーはまだ着けていない。乳首が服に擦れて感じてしまうことはあるが、幼児っぽい形の乳房だから今のところ必要性を感じていない。同級生は半数近くが着けているが、特に気にしていなかった。

結愛は第二次性徴期真っ盛りだから、一年も経《た》つとロリータとしてピークを過ぎてしまいかねない。少女を嗜好する男にとってみれば、まだどてっとした大きい身体になる前の、お尻だけ丸くて大きい手ごろな獲物と言えた。

結愛は学校から帰ってきたら必ず着替えをするように母親から言われている。服に埃《ほこり》や何か汚れが付いているかもしれないと母親は言うのだが、言われなくても登校時など外出するときの服と家で着る服ははっきり区別していた。

(家では着替えちゃえばいいんだわ)

母親の前では大人っぽいものはいっさい身に着けない。結愛はいつもそうしていた。

上着のおませなビスチェを脱いだ。ストラップがないブラジャー型の服で、すそがウェストまでの短い丈になって、ショートパンツと合わせると少女なりに可愛くもあるが、セクシーにも見える。薄いセーターとショートパンツも脱いだ。

六月に入ってしばらく経って、まだそんなに暑いというほどではない。学校に着ていく服は上はビスチェ風やキャミソール系、フィット感のあるセーターで、下は超ミニやすそがごく短いショートパンツが多い。

一方、家の中では普通のTシャツを着て、下はミニスカート、またはすその長いショートパンツにしている。以前、少し屈《かが》むだけでパンツが丸見えになるような幼稚園児並の超ミニを穿いていたら、母親に叱られて捨てられたこともあった。

さっきまで穿いていたショートパンツは、母親だけでなくふだん口を出さない父親にもちょっとエッチだと言われた。今、海外に長期出張して家にはいないが、無口で優しい父親だけにその一言が耳に残っている。

ただ今のところショートパンツについては捨てられそうな気配はなかった。

（あぁ、ヒップの丸みが手に取るようにわかるって言われた……）

結愛はふと思い出す。さっき脱いだショートパンツほどではないが、以前好みのフィット感のあるショートパンツを穿いていたとき、路上で背後から知らない大人にそんなことを言われた。

結愛のお尻は後ろに突き出すように丸く大きく成長していた。どの角度から見てもまん丸い球体であり、男の手でいやらしく撫でさすられるためにあるような尻だった。スラリと長い脚と年齢にしては意外に大きいまん丸いお尻には、子供ながら自信を持っていた。ある種の大人の男に異常なことを言われたり、盗み撮りされたりする危険があることは知っていたが、それでもヒップラインで自己主張したかった。

可愛くてセクシーなのはお尻だけではない。結愛は太腿から足先までスラリと真っすぐな美脚の持ち主だった。全体としてぽっちゃりではなく、どちらかというとスレンダーな少女だが、下半身は華奢《きゃしゃ》ではなく、太腿は肉づきが豊かだった。

服を上下とも脱いだ結愛は、上はジュニアスリップ、下は薄いコットンショーツの姿になっている。スリップのすそがお尻を覆って、ショーツの青いボーダー柄が透けて見えた。

コットンだから割れ目に食い込まないと思ったら大間違いで、結愛の場合コットン素材もけっこうスジが深くなって、食い込みを実感していた。またボーダー柄で割れ目が目立たないというわけでもなかった。

ピンク色のタンスの一番上の引き出しを開けた。

「可愛いの、ないわ……」

引き出しには母親が買った女児ショーツしか入っていなかった。結愛は下着も穿き替えたくなった。

真っ白な女児ショーツには種類があって、薄手のコンパクトなショーツと、生地の厚いおへそまで覆うデカパンがあるが、デカパンは嫌いなのでまず穿くことはない。女児ショーツとは異なるジュニアショーツは、穿いているボーダー柄のほか、水色とドット柄があるが、この二枚は今一階の物干し台で干されている。

比較的可愛いコンパクトな女児ショーツは引き出しに四枚あったが、結愛は自分の部屋のベランダに干してある化繊のパンティを取り込んで穿こうと思った。

いろんな下着を着てみたい。そんなにセクシーなものが好きなわけじゃない。だけど、例えばショーツではダサイ女児ショーツはNGの筆頭にあげられる。特におへそが隠れるほどのデカパンは敵視している。

こっそり買ったビキニを二枚持っているが、特に小さいのが好きなわけでもない。

お尻にぴっちり張り付くフィット感は確かにうっとりさせられて好みだと言える。Tバックに興味はなかった。素敵なパンティはときめいたら買うという衝動的な選び方だった。

一方、ショートパンツより結愛はやはり超ミニスカートのほうが羞恥心をくすぐられる。何せ捲れたら丸見えだからで、例えば股下五センチ以下になると、実際そんなミニも穿いていたが、スカートというより何かの飾りに近いかもしれない。

子供だからというだけの理由で、幼児ならほとんど強制的に穿かされることも多いだろう。小さい子でも羞恥心があって、パンティが丸見えになると恥じらうことは結愛自身が経験して知っていた。

かなり以前のことだが、大人の男にじっくりと見られ、覗いて確かめられ、写真にまで撮られて心に長く残る羞恥の経験をした。だからミニを穿かずにショートパンツをよく穿くようになったのかと言えばそうでもなかった。

パンツのほうが活動しやすいことと、スカートはちょっと長いとダサイと言われるし、自分でもそう感じていたからだった。ショートパンツでも頻繁に男にじろじろ見られていた。

超ミニはすそが短過ぎるということで母親に処分されたこともあった。ただ、結愛は本音ではパンティを見られてしまう超ミニもときどき穿きたかった。

もうすぐ夏の薄着の季節が来る。子供だからという口実で、ごく薄いキャミソールのワンピースやTシャツで初々《ういうい》しい乳房のシルエットを透けさせてしまおうと、そぞろな気持ちになっている。

そしてやがて来るときめきの初ブラの日には、ブラジャーラインを透け放題に透けさせるつもりでいた。しかも中高生に流行っている水色ブラを自分も初ブラで着けてみたかった。お姉さんたちの透けた水色ブラが綺麗で好きだったからである。

そろそろ梅雨入りするころだが、今日はからりと晴れて洗濯物は乾いていた。ベランダの小さなスタンド式の物干し台に干してある下着は結愛が買ったものだった。お尻にぴったりフィットするポリエステルのビキニハイレッグショーツで、自分で洗って干していた。二枚とも派手なブルー系のパンティだった。母親がそんな下着を買い与えることは絶対にない。

南側の大きな窓と網戸を薄めに開けてみた。

向かいの学生アパートの部屋と三メートルくらいしか離れていないため、見られていないか確かめようとした。

アパートは四年前に建ったが、当時結愛の親は近所の人といっしょに建設に反対していた。だが法的に問題ないということであきらめざるをえなかったようだ。

アパートの二階から一階の居間が丸見えになるので、特に母親が気にして目隠しの高い塀をつくった。以前学生が夜騒いで母親がかなり抗議したので、それ以後騒音問題は起きていない。

（見られちゃうかも……）

結愛の部屋の真正面に学生の部屋の窓があって、お互いに窓を開けると非常に緊張する関係になる。これまで何度も隣の窓から見られて、その学生の眼を意識していた。ただ、故意に覗かれたという記憶はない。たまたま窓を開けたとき眼が合ったくらいだ。

結愛は入居している学生の存在が気になったが、窓は開いていたものの姿は見えなかった。

スカートか別のショートパンツを穿いて下着を取ろうと思ったが、面倒なのでその格好のまま窓を開けた。

ジュニアスリップに乳房と乳首の形が表れている。下はパンティ一枚の姿だった。

白いレースのカーテンも大きく開けた。

元々張り出し屋根の下に物干し竿を渡すことができた。前はよく使っていたが、その竿から下着を干すとかなり目立つので、今はベランダの床に立てたスタンド式の物干し台で干している。ただ、短い竿が一本渡してあるだけなのでたくさんは干せない。落下防止の鉄柵があるが、隙間が広いので目隠しにはなっていなかった。

ベランダは幅が五十センチくらいしかない。エアコンの室外機は置けるが床はかなり狭く、下りて立てないことはないが、汚い気もして滅多に下りたことがなかった。

結愛は部屋の中でしゃがんで物干し竿に手を伸ばした。乾いてちょっと硬くなったビキニショーツを取った。

ショーツの両端二カ所をクリップで挟むときれいに干せるが、今回はクロッチのところで折ってクリップで留め、逆さにして干していた。そうすると手で絞ったくらいでも、比較的早く乾くようだった。ビキニショーツは親に見つからないように二階の小さな洗面でつけ置き洗いして手で絞っている。

ビキニは二枚干してあった。残りの股上が浅いローライズビキニを取ろうとしたときだった。向いの窓に大学生の姿が見えた。

「あっ」

結愛はお尻を落としてしゃがんでいる。ショーツの股間が丸見え状態だ。

瞳を大きく見開いて学生を見た。逆三角形のシャープな顔立ちのイケメンである。

眼が合ってしまい、ショーツの股間をじっと見られて慌てて立ち上がった。結愛はビキニを持った手で前を隠して窓を閉めようとしたが、もたついてしまい、一瞬その場に立ち竦《すく》んで眼が合ったままになった。

アパートは北側の壁の小さな窓で、学生は上半身のみ額縁に嵌《はま》った絵のように見えた。

下は隠したが、ジュニアスリップには乳房が透けている。そのことにはたと気づいて、結愛は勢いよく窓を閉めようとした。だが、逆に恥ずかしさから気にしていないようなふりをしてゆっくり閉める行動を取ってしまった。

今、確かに股間に学生の視線が注がれていた。ベランダの鉄柵の隙間は十センチあってやや広いため、股間は柵には邪魔されずにはっきり見えていたはずだ。

穿いているパンティも干していたビキニショーツも見られてしまった。スリップに透けた乳房も見られたに違いない。

去年の夏は乳房が大きくなかったから、乳首の形が出るTシャツ一枚着て学校にも行っていた。今はもう下にスリップを着けていないと無理だが、去年もひょっとすると自分が気にしていなかっただけで、他人から見たらオッパイの形が見えていたのかもしれない。そう思うと恥ずかしくなる。

その学生とは何度か家の近くですれ違ったことがあるので、顔はよく覚えている。背はそれほど高くはないが、クールな感じで、やや面長《おもなが》の整った顔立ちのイケメンだった。

「あぁ、見られちゃった……」

思わず声が出てしまう。結愛はまだ見られているような気がして窓から離れ、部屋の奥のベッドの上にちょこんと座った。

子供だからパンチラはよくあることだが、しゃがみポーズで股間をじっと見られたことはなかった。

ただ大人の視線はときどき感じることがあった。何かの拍子にしゃがんだりすると、スカートの中を覗こうとする大人がいることは知っていたが、スカートからパンティが覗ける角度を常に気をつけているわけではない。一瞬なら覗かれてもいいと割り切っていて、それはクラスの他の子も同じような気がした。

だが、中にはパンティを覗くだけでなくことさら顔を見て、また下半身を見ようとするようなエッチな楽しみ方をする大人もいた。

また、超ミニやショートパンツのときは、スラリと長い脚にねちっこく視線を這《は》わされた。結愛は産毛《うぶげ》も生えていないスベスベした白肌の美脚の持ち主だった。

結愛はまだ胸がドキドキしている。ボーダー柄のパンティと乳房の形が出ているジュニアスリップの姿を、ごく近い距離から好きなタイプに近いイケメンの大学生に見られてしまった。その思いが胸にキュンと来るような刹那の快感を生じさせている。

結愛は第二次性徴期の真っ最中で女の身体になりつつあった。加えて心の成長も著しい。同級生の女子のひどい猥談には付き合わないが、性に関する情報はネットで得たり、仲のいい友だちに聞いたりする。

結愛はイノセントな黒い瞳と艶々した黒髪を持つ人形のように可愛い少女で、肌理《きめ》の細かい白肌がピチピチして健康そのものである。母親との関係でちょっとぎくしゃくしているが、学校ではやはり美少女なので一目置かれていた。

ときどきデリカシーのない男子からエッチなことを言われたりするが、さほどのことはない。「桃が二つ、ボンボン」とか言って、後ろからお尻を指差して囃《はや》される程度だった。

ただし、一部の教師に怪しいのがいて、少女の直感でいかがわしい視線を感じることはあった。それでも結愛は男子の馬鹿よりまし！　と思っていた。ブサ面で下品なのが一番嫌いだった。

女子は偶然かもしれないが、美少女に対する嫉妬心で意地悪をしてくる子はいなかった。その代わり猥談がひどかった。結愛に対していやらしいことを言うわけではなく、一般的なエロ話をしてくることが多かった。

猥談は正直結愛自身も嫌いではなかった。けれど子供でも考えることだが体面上、特に美少女としての矜持《きょうじ》がエロ話に付き合うことを躊躇《ためら》わせていた。

下着を干すときは今日もそうだが、シャツやタオルで隠しておいた。それでも完全に隠しきれていないかもしれない。以前風で完全にタオルが捲れて、ドット柄のショーツが露《あらわ》になっていた。

(下着なんて、しょっちゅう見られてたのかも……)

結愛はもう一度タンスの一番上の引き出しを開けて、化繊のビキニショーツの一枚を小さく四角に畳んで入れ、別のビキニを穿くため、今穿いているショーツを脱ごうとした。

引き出しの中は同じ形に畳んだショーツがぎっしり詰まっている。綺麗な眺めでもあり、どこか女の子に生まれた幸せを感じるが、干している下着やそれを取り込むところを覗き見される羞恥で狼狽《うろた》えてしまう。

ただ、学校で同級生の男子に見られるのは嫌だが、大人でイケメンの大学生に見られると、恥ずかしいが嫌悪感はなかった。

その学生はアパートには去年から住んでいて、結愛は以前から彼を意識していた。これまでも何か特別な眼で見られていたような気もしていたし、イケメンなので少しだけ好きになっていた。

(あぁ、どんなふうに見えてたんだろう?)

結愛は胡乱《うろん》な眼をして、タンスの上に立てて置いていた鏡を取った。ビキニに穿き替える前に、それを取り込んだときと同じように床にしゃがんで鏡を股間の前にかざしてみた。

楕円のもっこりした膨らみがよく見える。膨らみの下のほうのクロッチに割れ目の食い込みができていた。

「いやぁ……」

窓から覗けていたしゃがみパンチラはこんなふうに見えていたんだと思うと、思わず顔を赤らめてしまう。恥丘の下の細長く膨らんだ部分は大陰唇だとわかっている。そこを鏡に映して見ることは滅多になかった。

ショーツのクロッチの幅そのものは十分あって、具のはみ出しを見られた可能性はゼロだった。だがコットンでも生地が薄いため、少女そのものの輪郭が露になっている。

真ん中に一本えげつないスジが走って、両側がぽってり厚い肉唇なのだ。しかもそのスジの途中からコロッと何か突起状のものが顔を出そうとしている。クリトリス包皮とその先の突起した肉芽である。やり方によっては少女が感じまくって、引き攣《つ》ってしまう淫らな肉突起なのだ。

結愛はもやもやと羞恥を含む快感が芽生えてきて、指を大陰唇の膨らみにそっと当てた。ショーツにできていたスジをすーっと撫で上げた。床に鏡を置いて映して見ながら、指を曲げたり伸ばしたりして擦っていく。

感触で指先が割れ目の中の粘膜に達したことがわかった。小陰唇の襞《ひだ》の感触も指の腹で感じている。指で摩擦していた部分はやがて湿り気を帯びてきた。

（愛液だわ……）

その名前も知っていた。前に何度かオナニーしたとき、奥のほうからジュッと漏れてきた。最初に体験したときから、それがオシッコではないことはわかっていた。膣とオシッコの穴とはわずかな位置の違いだが、快感と液が分泌してくる穴の中の収縮で感じ取っていた。

一番感じる突起にはほとんど触れていない。それでも指にははっきり濡れを感じるまで愛液の染みが広がってきた。

「あぅ……くはぁっ……」

結愛はもっと感じてみたくなって、ショーツをするりと下ろした。脚を開いて、そばに置いていた鏡で恐るおそる恥裂を映してみた。結愛の少女の秘部には毛は一本も生えていない。白い滑らかな大陰唇が露になっている。小さな薄い襞びらが大陰唇から外へ出てきて横に広がっているようだった。

「あぁぁ……」

鏡はまだ正面に持ってきていない。自分の性器を直視することを躊躇っている。だが、羞恥部分に対する興味が湧いてきている。特に卑猥な襞びらに対して、恥ずかしいものを見たい恐いもの見たさの興味があって、斜めから恐々と映して見ていた。

結愛は思いきって鏡を股ぐらの正面に持ってきた。

（こ、こんなふうになってるのぉ？）

卑猥な襞は小陰唇である。結愛はその名称は知っているし、触ったこともあった。だが、その襞びらを目視したことはなかった。今初めて鏡で見ることができた。充血感があって少し膨らんでいて、左右に開いてきている。

二枚の花びらの間に、恐るおそる中指を差し込んだ。

ヌルッとした愛液の滑りを感じた。

しゃがみパンチラを覗かれた恥ずかしさを思い出しながら、敏感な膣粘膜を指の腹ですばやく撫でていく。

「あっ、あぁ、あン！」

指を伸ばして上下に摩擦すると、指先は膣口を擦り、細長いクリトリス包皮には指のやや下のほうが当たって擦れた。

クリトリスそのものにも触れて強い快感が生じた。結愛はその突起が一番感じることも経験で知っていた。

「あ……愛液がぁ……」

膣口にその液が溜まっていた。ぬかるんだ膣が鏡の中で少し光って見えた。

身体の中で最も感じる突起物を指で押した。

学校で同級生に「結愛ちゃんもクリトリスのオナニーで、イクでしょう？」と、直接的に訊《き》かれたことがあった。もちろん否定したが、これまで数回クリトリス快感で絶頂を味わったことがある。

罪悪感や羞恥心に邪魔されもしたが、ネットで検索すると低年齢の少女でもオナニーはするし、オルガズムに達することもまれではないと、しっかりしたカウンセラーの先生のサイトに書かれてあったので、それほど考え込んだりはしなかった。

結愛は鏡を置いて、肉芽を指の腹で押したままゆっくり揉んだ。

クリトリスが感じてトクンと脈打つのを指で感じた。包皮にくるまれているものの、ほんのわずかだが敏感な海綿体が露出していた。充血して膨らんできたのだ。

軽くだが、指で圧迫して擦りつづけた。

「はぁあうっ！」

キュンと、切ない快感に襲われた。

またイケメンの学生にパンティを見られた瞬間が脳裏によみがえる。眼が合ったのに、窓を閉めるまで結愛を見ていた。

（いやっ、覗き見はいけないことなのに……じーっと見てた！）

結愛は大人の男のスケベさに反発はするが、その学生に股間を見られたことを意識しながら、さらに快感を得ようとして大股開きになった。

ガバッと大きく自分をまるで辱《はずかし》めるように開脚すると、ふっくらした大陰唇は横に伸びて平たくなり、中から襞びらが飛び出すように姿を現した。そして、少しだけだがじんわりと開いた。

結愛はクリトリスだけでなく、大陰唇と小陰唇も含めて、揃えた三本の指の腹でせわしなく摩擦した。

「愛液が……あぁ、いっぱい出ちゃう！」

快感が積み重なって顎が上がってくる。まだ毛も生えていない子供なのに指に愛液がついてヌルヌルしてきた。前にオナニーしたときよりずっとその量が多くなりそうな気がした。

結愛はその滑りを利用して膣口から肉芽まですばやく摩擦していく。やがて割れ目から外へ溢れてきて、快感も昂《たかぶ》り、背中が反りかえった。

それでも結愛は両脚を左右に思いきり伸ばして、足先で床を強く押さえ、大股開きを保った。股関節は少女ならではの柔軟さで、両脚が一直線になるくらい開くのにそれほど苦労しない。

股間の面積は小さい。いたいけな少女だから華奢な骨組みの股間節は大人の力が加わればどうにでも開いていけるように見える。

恥ずかしい格好を意識して、再び中指の腹でクリトリスだけ弄《いじ》り抜いた。目いっぱい開脚して、身体の中で最も敏感なポイントを刺激する。股関節が開き切った感覚をともなってオナニーをすると、快感が倍増するような気がした。恥ずかしい格好でするオナニーで我を忘れるほど興奮していく。

身体に快感が満ちて、乳首が尖ってくるのを感じた。

「あっ、あぁン……ひぐぅ……はぅぅーっ」

今、肉芽だけ指で擦っている。指を膣へ挿入することはしない。以前指先だけ恐るおそる入れてみたが、ズキンとひどい痛みを感じて、それ以後まったく挿入していない。

クリトリス快感が昂ってきた。

「あはう、はああンッ！」

自然に肩と脚で身体を支えてブリッジした。背中が床から高く浮いたまま身体が固まっていく。

恥丘が上昇した。丘の真ん中あたりまで卑猥な割れ目ができている。

贅肉などまったくないスラリとした肢体の中で目立つのはお尻と前の膨らみ、恥丘だった。

結愛の恥丘はポコッと出ているタイプではなくて、かなり広い範囲でモッコリ大きく盛り上がる少女らしくない大きな丘だった。高さもあってかなり大人である。土手とその周囲の平たいところとの比較で言うと、結愛のほうが恥丘の割合が普通の大人より大きく見えた。

恥骨の発達がいいせいなのか、その大きな恥丘の頂上に向かって魅惑の割れ目が尋常でないほど深くパンティに食い込んで表れていた。

体育の授業でスクール水着を着ると、特にお尻と恥丘が目立っていた。結愛は水泳の授業はみんなに身体をじろじろ見られるので苦手だった。

そして、今は、学生にじっと股間を見つめられた羞恥と興奮が脳裏から離れない。M的な気分の中でクリトリス快感が高まってきたので、このまま擦りつづけるとイクと思った。

（あぁン、最後までやっちゃう！）

膣がギュッと強く締まるのを感じた。

快感の鋭い肉突起が指の腹の下で転がるように動く。

「イクゥ……イ、イクッ……イクゥ、イクイクゥーーッ！」

頭の中で白い光がパッと閃《ひらめ》いた瞬間、クリトリス快感が恥部から脳天まで突き抜けた。

ぽってりした可愛い唇が開いて「あはぁ」と喘ぎ声を漏らし、華奢な身体をよじらせる。

ビクン、ビクン！

身体が何度も強く痙攣《けいれん》して、その間絶頂感が続いていく。

「イク、イ、イクゥッ、イクイク、イクゥーッ！」

絶頂の波が押し寄せる間、結愛は繰り返し「イク」と口走った。

脳天にまで達した快感もやがてその余韻を残すだけになった。

強張《こわば》っていた身体からストンと力が抜けた。

「はうぅ……」

落ち着くと、結愛は大きく開いていた脚をゆっくり閉じていった。

（あぁ、イクって言うと、興奮して快感が強くなるぅ……）

その言葉をことさら声に出して言うと、ストレートに快感を味わえる気がした。

結愛は濡れた恥裂をティッシュで拭いて、取り込んでいたビキニショーツを穿いた。

ジュニア用のビキニショーツは面白いほど結愛の丸いお尻にフィットした。ショーツのすそゴムがお尻のやや高い位置で尻たぶに食い込み、結愛はその感触を味わっている。

フロントはウエストゴムがおへそよりかなり下にある。小さな恥丘を覆う程度だった。化織のパンティでビキニだから密着感が高く、土手のもっこりした形があらわれて子供なのに卑猥だった。ただ、穿き心地は終始張り付いた感覚があるから決して楽ではない。

（でも……ちょっと、エッチな気持ちになっちゃう）

そんなパンティは一種病みつきになってくる。母親が知らない下着だということもどこか気分がよかった。

だんだん落ち着いてきた。

ふと、両手で左右の乳首に触ってみた。

「あぁ、硬いわ……」

乳首はツンと尖ったままだった。

黒目がちな瞳が涙でキラリと光った。

数日経った。結愛は母親と二人だけで夕飯をとっていた。

結愛は一人っ子なので、父親がいないと話の合わない母親と二人きりで息が詰まりそうになることもある。もうダンス教室のことはあきらめムードだったが、書道については最近はあまり言われなくなっていて、やや救いだった。

母親は教室を立ち上げるとき、気心の知れたお友だちのサークルのようなつもりではじめたようだった。ところが、最近は広い公民館を教室にしたいと言い出して、夫婦で意見が対立していた。

そんなことは結愛にとって関係なかったが、ダンスを習うことに反対なのは、書道師範の母親の性格に原因があると思っていた。母親は自分の技量だけで行う仕事が好みで、チームワークでする仕事は好まないようだった。

結愛は殺し文句のようにヒップホップダンスは協調性を養うことができると言われていると、そんな話をしてみたが、母親はほとんど耳を貸さなかった。

隣の大学生とは学校の登下校でばったり会うこともなく、また窓は昼間は開けてカーテンだけ閉めているが、夜はしっかり閉めていて覗かれたりはしていない。警戒心もあって、結愛から覗いてみたりもしていなかった。

(イケメンなのに、エッチなのかな？　じーっと見てたわ……)

パンティの股間だけでなく、眼を合わせてきて窓を閉めるまでじっくり見られた。わたしみたいな小さな女の子にエッチな興味があって、それであんなふうに見つめてくるのか。だとしたら俗にいうロリコンなのか。でも、好きになってしまいそうなくらいかなりカッコよくて、悪人になんてとても見えないし、ガールフレンドとか恋人とかすぐ作れそうな人に思えた。

「パパは当分帰ってこないから、結愛ちゃんもしっかりしなきゃいけないのよ」

急に言われて、学生のことを考えていた結愛はドキリとした。母親は勘が鋭いから、疑われないように常に気をつけていなければならない。

技術者の父親はリチウムイオン電池の工場の主任として海外へ長期出張中だが、母親からはときどきそんな小言のようなことを言われて、ややストレスになっている。

「接待で何十人も処分されたけど、パパ大丈夫かな?」

「大丈夫よ。前にちゃんと話したじゃない」

「会社でかなり訊かれたんでしょう。疑われていない?」

結愛は一月以上前の会社の不祥事について本当は関心がなかったのに、自分の気持ちをちょっと切り替えるために母親に訊いてみた。

「馬鹿ねえ、疑われてたら出世につながる大切なこと任される出張なんてないわ。それに主任といっても本当にわかってる専門家はパパだけだから、現地の課長より実際は上なのよ」

箸を置いて言う母親の話を、結愛はテレビをちらちら見ながら聞いていた。

「日本に帰ってきたら本社の課長になるから、そのときはパパに真っ先おめでとうって言うのよ。食べてすんだらテレビ見てないで、すぐお風呂に入って、それから宿題とかやりなさい」

結愛は母親からうるさく言われてイラついたが、何とか平気な顔をしていったん部屋に戻った。

結愛は階下にある風呂に入るときは子供部屋で服を全部脱いでから行く。父親がいるときは服を着たまま着替えとバスタオルを持っていくが、今は母親だけなので裸の上にバスタオルを巻いて階段を下りればいい。

パンティを持っていくかどうかちょっと考えている。脱衣する板の間がよく濡れていて、パンティを穿くときちょっとすそゴムの部分に足が引っ掛かって濡れたりする。

結愛はタンスの引き出しからバスタオルを出そうとした。

ふと、窓のほうを振り返った。窓のガラス越しでも、学生の部屋に電気がついているのがわかった。今は部屋にいるようだ。

結愛は窓を薄めに開けてみた。カーテンは開けない。網戸もだ。

学生の部屋の網戸の向こうに顔が見えた。

結愛は学生を見ないようにして、窓を半分くらい開けた。

すると部屋の電気が消えた。外に出たのではなく自分の姿が見えないようにしたのではないかと思った。

暗がりから息を殺してこっちを覗いているのかもしれない。顔は学生の部屋のほうには向けないで、一瞬だけちらっと見てみると、網戸も開けられていて、暗いが確かに姿が確認できた。

（えっ……）

暗い部屋から見られている。ちょっと恐くなった。

部屋の隅にあるタンスのほうを向いた。今、後ろ姿を学生に見られているはずだ。薄いレースのカーテン一枚では網戸も閉めているが、ぼんやりとでも透けて見えてしまう。カーテンはカーテンレールの左右の端まで全体を引っ張って止めてあるのでピンと張っていた。その状態だとよけい透けてしまう。

一階の居間も同じ白いレースのカーテンだが、結愛はそのカーテンと網戸越しに部屋の中がそっくり透けて見えることを知っていた。

（どうしよう。やっぱりやめようか……）

頭の中でもやもや考えている。結愛は風呂に入るため、見られることを承知で全裸になってバスタオルだけ身体に巻こうとしていた。

穿いていたショートパンツを脱ぐ。すそにたくさん刻みが入っていてギザギザしている少し変わったパンツで洒落《しゃれ》ていて、ファッションセンスがいいように見える。セクシーというわけでもないので母親も認めていた。幅の広いサスペンダーを肩から外して脱いだ。

上下を脱いで薄手の水色のキャミソールとショーツの姿になった。セクシーに見えるキャミと頬のふっくらした可愛い顔はアンバランスだが、アウターとしてのキャミならそう思われるかもしれない。そのキャミは下着として着るだけだから、母親からもクレームはつかなかった。

結愛は乳房がやや膨らんでいるが、まだブラジャーはしていない。ファーストブラの代わりにキャミソールを着て乳首の形がツンとなって表れている。

このキャミは自分に似合っていると結愛は思っている。去年から乳房が膨らみはじめ、恥じらいが強くなったが、キャミソールというものはなぜかその小さな乳房が表面にプクリとその形を表していても、シュミーズなどと比べて綺麗に見えると感じていた。

結愛の乳房は乳輪の周囲が隆起してくる乳腫れ期を脱してさらに膨らんでいたが、まだまだ小さい子供の乳房で、指で軽くつまめる程度の綺麗な円すい形だった。

今、部屋の中で下着姿を見られている。結愛は遠くから見ても、プロポーションだけで美少女だとわかる。身長は普通だが手足や胴体のバランスがいい。ウェストからヒップラインまでが大人になっている。単なる子供の幼児体型ではなく、性的に女になりつつあるロリータだった。

結愛は単なる子供ではない。だが大人でもない。思春期の結愛は小さな乳房やまん丸いお尻を大人の男に性的な眼で見られていた。その種の大人はもちろん嫌いだが、見られることそのものは嬉しかった。

結愛は学生に見られていることに気づかないふりをして、キャミソールを脱ぎ、少し躊躇ったあとショーツも脱いだ。全裸になった。

全身が白肌で覆われていて、お尻が大きな白桃のようにまん丸い。お腹が少し丸くて少女の身体の柔らかさが感じられる。大人の美人のような平たい下腹ではないが、太っている感じではなく可愛い丸みで、ウェストはヒップとの差がはっきりついて、そこは女の曲線を持っていた。

肩の丸み、二の腕の丸みも少女らしい美しさだった。色白なので光が当たると肌の白さが目立ち、身体の丸みと柔らかさが麗しく見えてくる。

(あぁ、わたし、今、何も着てない……)

結愛は自分がやっていることが信じられなかった。恥ずかしいのに、夢遊病者のような胡乱な眼をして服を脱ぎ、下着もすべて取って真っ裸になった。

(裸のお尻を見られてる……)

結愛は胸の鼓動が高鳴ってくる。

二枚貝のような形のいい小さな耳は羞恥で赤くなっていた。

バスタオルを胸から巻いて、少し安堵する。でも、もうお尻は見られてしまったはず。大人に、きっと少女に興味を持っている男の人に裸を見せてしまった。

どう思っているだろう？　すごくエッチな気持ちになって何か悪さしたりしないか、自分で裸になっておきながら早くも不安になった。

いちおうバスタオルによって裸ではなくなった結愛は、後ろを振り返って窓の向こうの学生の部屋を確かめようとした。恐るおそる窓に近づいていく。

レースのカーテン越しに学生の部屋を窺った。暗い中でも結愛の部屋の明かりによって学生の姿は見えていた。学生は手にスマホを持っていた。

結愛は急に羞恥に襲われて窓を閉めた。

「結愛、まだお風呂に入ってないの？　ぐずぐずしないのよ」

母親の声が居間から響いてきてドキリとした。

裸になる一部始終を見られて、そしてスマホで撮られた。そうに違いない。わざと裸を見せたことも悟られたかもしれない。

不安になりながら階段を下りて、バスルームに入った。

ノズルからザーッと音を立てて、シャワーのお湯の放射を胸に当てていく。お湯が流れて落ちていくのを感じながら、胸をゆっくり手で撫でている。

まだボディソープはつけていない。隣の学生に裸を見られて、スマホで撮られたことをじっと考え込んでいる。

とんでもないことになるかもしれないと不安になったが、起きてしまったことは仕方がない。それに盗み撮りは犯罪でもあるのだからばれたら困るわけだし、よほど悪い人でない限り、脅してきたりはしないだろう。

ハンサムなその大学生はそれほど悪い人には見えなかった。結愛はそう自分に言い聞かせようとした。

お湯を止めて、身体中シャボンだらけにした。両手でヌルヌルとクリーム状の泡を乳房からお腹、太腿、前の割れ目まで撫でつけるように塗っていく。

しばらく手で身体を洗った。泡立ちがいい健康タオルでまたすごい量の濃い泡をつくって、背中からお尻、全身をまるで自分の身体を隠したがっているかのように泡だらけにしていった。

あぁ、でも、ネットにアップなんかされたら困るぅ……。結愛はそれを恐れた。

勢いのいいシャワーの放射が乳首を打つと、ピクンと感じた。

少女のデリケート部分についた濃厚な泡を洗い落とす。

「あはっ……うっ、あああっ……」

肉芽が反応した。襞びらの間にグジュ、ジュジュッと音を立てて湯が入り込み、サーモンピンクの秘粘膜をくすぐる。

(とにかく、学生のアパートの部屋に行って確かめなきゃ)

結愛は焦りもするが、自ら露出したドキドキ感で、得体の知れない興奮を感じてもいた。

第二章　秘密の淫らな玩弄部屋

今日は塾に行く日だった。授業は五時十五分からはじまるが、結愛は五時近くになって鞄を持って外へ出た。塾は家からそう遠くないところにあった。駅前に大手の塾があるが、かなり距離があって不便なので、結愛の親は個別指導も含めて丁寧に教えてくれることで評判の私塾に結愛を通わせた。

最近舗装が新しくなった路地を歩いていく。髪型をふだんしないツインテールで決めていた。母親が懐かしい感じでと言って子供っぽく見せようとしたようで、後ろから髪を複雑に編んでこしらえた。

嫌いじゃないけれど好きでもない髪型だった。長い髪なら頭の上のほうで結んで大きく見せることができるが、それほど長くはないので、耳の少し上で結んで、肩に掛かるギリギリの長さになった。結愛にとってはシンプル過ぎて面白くなかった。毛先をカールさせたりしてくれれば大人っぽいのに、子供には不要だとばかり放っておかれた。可愛いパンジーのリボン付きのヘアゴムで留めたのはよかった。

昨日隣の大学生に裸を見られたこともあって、羞恥心から膝より少し上くらいのミニスカートを穿いている。学生のアパートの前を通って大きな通りに出たら、まもなくのところに塾がある。

(昨日、あの人、スマホを持ってた。絶対裸を撮られたわ)

暗がりでもスマホを手にした姿が見えた。盗み撮りされたに違いない。学校にいてもそれが一日中気になっていた。

覗かれていることがわかっていながら、バスタオルを身体に巻く前、一瞬でも全裸になってしまった。外には背中を向けていたが、裸のお尻を見られた。そのとき見られる露出の快感が確かにあった。でも、スマホで撮られることを想像していなかったのは迂闊《うかつ》だった。

アパートの前を通りかかった。と、その学生が外の階段から下りてきた。結愛の行く方向と同じなら気づかないで先に歩いていくことになる。

学生は結愛のほうに向かって、前から歩いてきた。

互いに相手に気づいて、眼が合ってしまった。結愛は胸の鼓動が高鳴ってくる。

眼の前まで来た。

「あのぉ、隣に住んでるんですけど……。昨日わたしのこと、覗いてたでしょう？」

結愛は思いきって学生に訊いた。イケメンの学生は軽く頷いた。少し驚いているように見える。

「スマホで撮ってたと思う。盗撮だわ。画像は消してぇ」

上目遣いに少し睨《にら》むと、学生はまた黙って頷いた。眼が笑っているように見えた。お尻を見られてスマホで撮られたのだから、わずかな笑みでもひどく羞恥させられた。

「じゃあ、削除するから、ちょっと部屋に来てくれる？」

学生はアパートのほうへ向き直るような仕草をして、さりげなく誘ってきた。

結愛は黙って首を振って拒んだ。恐くなったので、塾があるからとも言わずに断った。すると学生は「そう」とだけ言って、結愛とすれ違って行ってしまった。

翌日になっても、結愛はまだ学生のことが気になって仕方がなかった。背中を向けていてもショーツを脱ぐ瞬間を撮られたはず。裸のお尻を盗撮されたのだ。昨日アパートの前で出くわしたときは塾に行かなければならなかったが、塾から帰ってきたとき部屋に行けばよかったと後悔した。学生アパートの出入り口は家とは反対側だから、死角になって入るところは家から見えない。

結愛は学校で半日悩んで、下校するときにはもう決心していた。足早に帰ってくると、ちょうど母親が外出していたので、ランドセルを置いてドキドキしながら学生の部屋を訪ねた。

まだ着替えていなくて、上は白いTシャツで花のプリント柄が可愛い。下はミニスカートだった。Tシャツの白と合うと思って、制服のような濃紺の襞スカートを穿いていた。そんなに短くはないが、太腿はほぼ露出している。好みのニーハイソックスも紺色で、色白の肌に映えて見える。

ドアチャイムを押すと、「はい」と学生の声が聞こえてきた。緊張して脚が震えた。

学生が出てきた。驚いたのか、顔色が変わった。

じっと見下ろされている。身長はそんなに高くない。父親がちょうど百七十センチで、ほぼ同じくらいに見えた。結愛は胸の鼓動が速くなった。

「盗撮の画像は、消してぇ……」

昨日と同じように言うと、学生は無言だがわずかに頷いて、

「わかった。削除するから入って」

顔をちょっと部屋の中に招くように動かして促《うなが》してきた。

結愛は昨日言われたように求められたら、部屋に入るつもりでいた。学生にスマホを持ってこさせて、眼の前で画像を削除させることも考えたが、結局恐るおそる部屋に入った。

未知の世界である大学生の部屋に入って緊張しながら、中をキョロキョロ眼を動かして見た。洋間で六畳一間のようだ。小さな机と小さな本棚、衣装ケースも大きくないのが一つ。ベッドにはちゃんとカバーが掛けてあった。

「僕は加納弘樹《かのうひろき》」

学生が名乗った。クールな感じで、印象は悪くない。

「町田《まちだ》結愛……」

結愛も大きな眼をパチクリさせながら言った。

「盗み撮りは犯罪だもん」

きつい言葉を使った。見られるだけならいい。でもまさか盗み撮りされるとは思っていなかった。自分で故意に露出していながら、学生に犯罪だと言った。一瞬悪いなという思いにはなったが、裸を画像に残されるのは恐いので早く削除してほしかった。

学生にスマホを出しながら横目でちらりと見られた。怒ってはいないようだ。無表情でまったく慌てる様子がないのは気になった。

「見せてくれたから、撮ってあげただけさ」

言われて、結愛はギクリとした。

「み、見せたなんて、違うわ……」

やはり気づかれていた。結愛は狼狽えた表情を隠すことができなかった。それほど気が強いほうじゃないし、演技するしぶとさもなかった。

ただ、弘樹というきりっとした男前の学生は口調は淡々としているものの、声そのものは優しい感じだった。

「これだけど……」

机に置いていたスマホを持って、見せられたのは動画だった。静止画ではなかったので、よけい不安になった。レースのカーテン越しだが、ボーダー柄のパンティを脱ぐところが映っていた。裸のお尻もちゃんと映っている。

「あーっ、だめぇ！」

結愛は思わずスマホの上に手をかざして隠した。自分からわざと露出したにもかかわらず、いざそんな動画を見せられると激しく羞恥して、後悔の念も湧いてきた。

「画像消してあげるから、電話番号を教えてくれる？」

学生に電話番号を聞かれた。結愛は首をプルッと振って拒んだ。交換条件なんて出されたくなかった。だが、恥ずかしい弱みを握られている気もした。

「電話番号訊いて、どうするのぉ?」

スカートのポケットから携帯電話を出そうとして、ちょっと戸惑っている。

「別にまあ、話をするだけさ」

手をポケットに入れたところを見られている。

「話なんて、しなくてもいいわ。わたし、×学生だし……」

結愛は大人が自分のような少女にいやらしい興味を持っていることは知っていた。イケメンでなかったら絶対今のようなことにはなっていない。弘樹がたとえそういうエッチな人であっても、とんでもない恐い人でないことを期待していた。

ポケットから、携帯電話を出した。

「ガラケーかぁ」

弘樹が顔をほころばせた。ポーカーフェイスのところがあるだけに、何にせよ笑顔だと結愛もほっとする。

「ママがスマホだめって言うの。あなたの番号を教えて。電話かけるから」

結愛は携帯の番号を登録させようとしたが、弘樹の電話番号を知っておきたい気持ちもあった。

スマホは親が許さないので持っていない。携帯は連絡用に買ってくれたが、友だちがみんな持っているのでスマホに買い替えたいと言っても認めてくれなかった。

結愛は弘樹から番号を聞いて、スマホに電話をかけた。電話番号が登録されると、動画はすぐ削除してくれた。

「ほかにコピーなんかしてない？」

「してない。大丈夫……」

半信半疑だが、今は信じるしかなかった。恐い人なのかどうかは、まだわからない。盗撮はしたけれど、でも、こっちからわざと見せてしまったわけだし……。それを見抜いていたので、調子に乗って撮ってしまった。そんなふうに思った。

電話番号まですぐ教えてしまったので、扱いやすい子のように思われたかもしれない。結愛は黙ってじっと見つめてくる弘樹に対してネガティブな想像もした。

「結愛ちゃんは可愛いタイプと美人タイプのちょうど中間くらいかな。両方のいいところを持ってる」

「えっ？」

急にそう言われて、ドギマギした。でも、その言葉が嬉しくないと言ったら嘘になる。頬がふっくらしているところ以外は、幼児的なところはあまりなくて、全体的にスリムな身体つきをしていた。将来美人になりそうな片鱗《へんりん》を見せていた。

「お鼻がちょっとツンとなって、小憎らしい感じだけど、口も鼻も小さくて……子供だからかもしれないけれど、でも、小悪魔的でそれも魅力だな」

容貌《ようぼう》について大人の男に詳しく言われたことはなかった。二人きりで間近から見られて言われたので、ちょっと気恥ずかしいし、戸惑ってしまう。

「大人の女の綺麗な人より、ずっと上だと思う」

ちょっと意味としてわからなかった。子供のほうが好きということだろうか。でも、ときどき出くわすいわゆるオタクと言われるような偏《かたよ》った性格の、話のしようがないタイプの男の人と弘樹とは根本的に違うような気がした。

「二重がくっきりして、大きな瞳が可愛いね。僕なんか眼が細くてしょぼくてね……」

「しょぼくないわ。キリッとして、カッコいい」

謙遜《けんそん》して言うので意外な気がした。イケメンにはそんなふうに言ってほしくなかった。でも、盗撮されたのに、カッコいいなんて言ってしまって、ちょっとまずいと思った。

「ありがとう。あまり言われたことないよ。恐いっていう女もいる」

結愛はそうかもしれないと思った。見ようによっては冷たい感じがする顔かもしれないけれど、少し野卑《やひ》な感じがあって、品もいいような顔は結愛から見ても魅力だった。

「その人、きっとあなたのことがタイプじゃないだけだと思う」

弘樹はスケベだけど、正直で嘘をつかない人のように見えた。恥ずかしい画像のことで脅かすようなこともしないし、何でもストレートに言ってくる。見せてくれたからと言われたときは嫌味な人だと思ったし、羞恥させようとして言ってくることはわかっていたが、それでもかまわないと思った。

可愛い、魅力だと言われたことも単純に嬉しかった。

「ちょっとこれ見て」

弘樹がノートパソコンを起動させた。何をする気だろう。ひょっとすると、さっき消してくれた動画のコピーがまだパソコンにあるのではないかと疑って、横顔を見ていた。だが、ネットにつなぐとすぐ「お気に入り」からクリックして何かのサイトにアクセスしたので、考え過ぎのような気もしてきた。

起ち上げたのはコスプレ少女がただ漫然と次々現れるだけの動画サイトだった。

「いやン、エッチなのはいいわ」

「いや、そんなにひどいのじゃないよ。コスプレイヤーの動画だよ。まあ、見られることを承知でパンチラしてるけどね。わざとパンツ見せてる子ってざらにいると思う」

弘樹の言葉で絶句した。自分のことを言われている。ちょっと意地悪な感じがした。

「この子なんか、着てるものが薄いから乳首がツンとなってる。見られて興奮してるんだ。ほら、結愛ちゃんもツンとなってる」

Tシャツに乳首の形が浮いているところを指で差された。円すい形の乳房の突端がTシャツにテントを張っている。結愛ははっとなる表情を隠せなかった。

下にスリップは着ていない。乳首は尖っているほどではないが、凝視して見れば乳房と乳首の境目もわかる。Tシャツに円すい形の乳房の下の丸いすそが浮き出ている。

結愛の乳輪は小さいが少し厚みがあって、形が薄い生地のTシャツに現れていた。×学生の特権とも言えるノーブラで乳房と乳首の形が浮き出すセクシーさである。

故意に露出したことを見抜かれて、最初に否定していたようには誤魔化せない気持になった。それに、イケメンでも大人が眼の前にいてエッチなことをどんどん言われると恥ずかしくなるし、抵抗できないような気持ちになって恐くなってきた。

「子供って、ポコッと膨らんだようなお腹してるけど、結愛ちゃんは違うね。平たくて綺麗だ。ウェストのラインも大人になってる」

結愛はヒップラインはかなり意識していたが、ウェストは細いのは当たり前だと思っていたので、それほど意識していなかった。まだほんの少女なのに、確かに魅惑のS字カーブといっても言い過ぎではない曲線を見せている。

「美脚だな。こんなに長いスラリとした脚だと、気分いいだろうね」

美脚という言い方は初めてでまったく慣れていないが、脚も褒められて結愛はますますはにかんでしまう。

「この絶対領域がたまんない」

ニーハイソックスのストレッチ部分のすぐ上を撫でられた。

「あっ、やン……」

ふだん感じると思っていなかったところだが、ゾクッと鳥肌が立つような快感があった。結愛は脚を一歩後ろへ引いた。やっぱり男の人に触られると悪寒《おかん》が走ってしまう。

「美少女の太腿は白くてスベスベだ……」

前屈みになって、まだじっとその絶対領域を見ている。視線は隣のアパートからパンティの股間を見ていた眼と同じ凝視するような眼差しだった。

触られた恥ずかしさと快感と見られる悩ましさで、脚ではあっても少女の花園に近いこともあって、刹那の恥ずかしい快感に襲われた。

「柔らかそうな肉がついて可愛いよ。いくら脚がスラリとモデル並みに長くても、太腿が太くなくて筋張っていたりすると幻滅するよね」

結愛は手も足も全体が柔らかそうな脂肪肉がついて筋張った部分がなかった。

美少女で超ミニスカートやセクシーなショートパンツを穿く結愛は、以前から大人の男に脚を見られたりすることもあって、男の眼を意識していた。通り過ぎてから振り返られたりもする。

背後からの視線を感じることもしばしばだった。足音が微妙に速いテンポになって接近してくると、二本の脚とお尻を舐めるように見られているような気がしてならなかった。

「アキレス腱がキュッと浮いてて長いね。足首フェチだから、ここはギュッと握ってじわじわ脚を開かせていくと、少女にとって股が開いていく感じがよくわかっていいんじゃない」

「えーっ、そんなの恥ずかしい」

結愛は弘樹がわざとマニアックに言っている感じもしたが、とにかく異常なやり方だったから、見られている下半身が鳥肌立った。

幼児のころから去年くらいまでショーツは頻繁に丸見えになっていた。記憶をたどっていくと、大人の男に何度もしつこく見られた経験がある。はっきり性的な興味で見られていると気づいたのは二年くらい前だった。

大人の男の人がじっと長い時間見ているのはきっといやらしい目的があるのだと早くから勘づいていた。オッパイが膨らむずっと前からで、生理も来る前からだった。女としてその手の男を見抜いていた。親から気をつけるように言われていたが、それよりも経験的にちゃんと知っていた。

「ねえ、本当はやっぱり、見せてたんだろ？　いいんだよ、それで。別におかしくないと思う」

あらためて核心を突くことを訊かれた。

「えっ……あぁ、見せてたなんて……ち、違うの……」

結愛は嘘をつけないような気持ちになっている。弘樹はエッチだけど、どこか優しい。なぜだかわからないけれど、話しかけてくる言葉がすっと心の中に入ってくるような気がする。年齢や立場の違いを感じさせないような雰囲気を持っていた。

「女の子は露出することが快感だろ。恥ずかしいけどそれが好きで……」

「そ、そんなこと……」

そんなことないと言いたかったが、はっきりと言えなかった。

「ウェストが細いから、腰つきがもう女になってる」

またウェストのことを言われた。くびれは単なる子供ではなく、お尻との差で悩ましいラインをつくっている。

自然に立っていても腰の反り方が大きいため、丸い尻が後ろに挑発的に突き出されて見えた。

「とにかくプロポーションがいいんだ。でも、何というか、大人のミニサイズじゃなくて、少女の華奢な身体と、小さくてもお尻や太腿の丸みがゾクッとするんだなあ」

「ああっ、ちょっとぉ」

腰骨あたりからお尻、そして太腿まで手でべたっと触られて、さらにお尻は大きく撫で上げられた。

普通の大人からじろじろ顔や身体を見られるのは気持ちが悪いが、クールな二枚目の弘樹には見られるくらいならいいと思っていた。でも、やっぱり触られるのは恥ずかしい。身体つきについていろいろ言われて、お尻など触られたら悲鳴を上げてしまいそう。

弘樹はまた脚を撫でさするようにして愛撫してきた。足首から両手のひらで脚を包んで柔らかく握り、すーっとふくらはぎを通って、太腿まで手を滑らせて上昇させてきた。

「あぁあああっ、な、何するのぉ。やり方が変っ……いやらしいわ」

結愛は大胆に触ってくる手を押しのけたが、やめずにしつこく触ってくる。脚から腰回りを両手で捉えようとするので、腰を引いて前は特に触られないように防いだ。

だが、二の腕の柔らかいところをギュッと摑まれて、今度は髪を撫でられた。

「やぁン」

頭髪を撫でられると別の種類の快感があった。相手の男性的なものを感じて、うっとりする感じになる。

「結愛ちゃん、今が少女の盛りだね。髪なんかも綺麗で」

髪から背中まで撫でながら言われた。黒髪はそれほど長くないが、艶があって豊かだった。少女の盛りという言い方はそれほど気持ち悪くなかったが、腕を摑まれているので髪を撫でられることも含めて苦痛に感じた。

「嫌がらないで。このさらさら感、気持ちいいね。髪は女の命って言うよ」

結愛がちょっと顔をしかめて肩をすくめると、弘樹は宥《なだ》めようとするような態度だった。髪を撫でる優しいような撫で方で、女の人を扱うことに慣れているようにも思える。

一歩後ろに離れると掴んでいた腕を離してくれたが、ミニスカートに関心が移ったようでじっと見られている。捲られると思って顔を見上げ、首を振って拒否するような仕草をした。するとちょっと腰に手を回されたが、それだけで終わった。

あからさまに嫌がったので、弘樹に嫌われたような気もした。それは嫌なので顔を上目で見てはいるが、睨むようなことはしなかった。結愛はそんなにひどいことはされないような気がして、嫌いじゃない気持ちを伝えようとして顔にほんの少し笑みを浮かべた。

表情の変化に乏しい弘樹も、目元が少し笑っているように見えた。

「正直言うと、もう一度見てみたい」

「えっ？」

ちょっと落ち着いた声で言われて、結愛は何を……と聞こうとしたが、裸になることを求められそうで何も言えず、間ができてしまった。

「スカート捲って見せて」

直接的にスカート捲りを催促されて、眼を白黒させた。裸ではなかったが、自分でスカートを捲るのは恥ずかしくてできそうにない。無理やり捲られそうな気もして、手でスカートの前を押さえた。

「どんなパンツ穿いてるの？　さあ、捲って……」

手で上へ捲るような仕草をされて急《せ》かされた。結愛は顔を赤らめてしまう。耳が熱くなるのを感じた。自らスカートを捲ると、身体を弄られたことを受け入れたことになるような気がした。

今、男の部屋で二人きりになっている。洗濯物を取り込むとき股間を見られて、さらに裸のお尻も見られてしまった。故意にそうしたことを悟られているから、スカートを捲れと要求されている。露出の羞恥と興奮を、目の前でスカートを捲って見せることで再現するようなもの。でも、何故だか胸がドキドキしてくる。

結愛は弘樹の顔は見ることができずに少し視線を落として、震える手で濃紺のミニスカートのすそを摑んだ。今日は二枚持っているビキニのうちの一枚を穿いていた。ベランダの物干し台から取り込んだところを見られたときの一枚だった。

パンティの股間を見られて何日か経ち、裸のお尻も見られた。否、わざと見せた。その相手だから、スカートくらい捲って見せてもいいような、ちょっと吹っ切ろうとするような気持ちに傾いた。

結愛は弘樹の眼を見て小さく溜め息をつくと、躊躇いがちにスカートを捲りはじめた。

「あぁ……」

羞恥の吐息を彼に聞かれたと思った。

ゆっくり弘樹の胸元あたりを見ながら捲っていく。大人を揶揄《からか》うように見せる茶目っ気も悪戯《いたずら》心もない、やや沈鬱な恥じらいポーズでスカートを捲っていく。

ちょっと上目遣いになって弘樹の顔を見た。もうビキニショーツが覗けていることが視線でわかった。視線の角度から言って、ちょうど割れ目の部分が見えているようだ。

羞恥して太腿をピタリと合わせてまっすぐ立っている。太ってはいないので脚のつけ根に空間ができていた。そこに大陰唇によるクロッチの魅惑の膨らみが見える。

「もっと……」

手を止めていると、また上げるように促された。目の前で見られながらさらにすそを上げていって、ビキニショーツ全体を露にさせた。

「うわ、綺麗な逆三角形になってる。恥丘がモッコリして意外に大きいね」

「いやぁ、恥ずかしい……」

結愛はイケナイ少女である自分自身を今、弘樹の眼の中に見ている。すでに裸のお尻を見られて動画にまで撮られていたが、男の前でスカートを捲ってパンティを見せると、顔を赤らめ、動揺して視線が定まらなくなった。恥丘という語は知らなかったが、モッコリという言葉でほぼ意味もわかって恥じらってしまう。百四十八センチの華奢な肢体が震え出した。

(あぁ、パンティ見せちゃった……)

ウエストゴムのところまで晒していたが、急に羞恥心が強くなって、さっとスカートのすそを下げた。

「もう、終わり?」

訊かれて、結愛はコクリと頷いた。

視線が胸の膨らみに向けられて止まった。Tシャツには透けていないものの、乳首の形がくっきりと浮いている。

「こんなTシャツで学校に行ってるんだ」

言われて結愛は頷くが、多分上はTシャツだけ着て登校していると思っているようだ。結愛はその上に一枚着ていたり、下にスリップを着けていたが、それを一々説明はしなかった。

乳首のポチポチをじっと見ているので、触られそうで気になった。

弘樹は案の定、手を伸ばしてきた。

「あっ、そこは触らないでぇ」

もう身体をひねって逃れようとはせずに、妙な哀願の声になって上目で恥じらいの眼差しを向けるだけになった。

「触らないよ」

弘樹はそう言ったが、その舌の根も乾かないうちに、指先で乳輪の外を円を描いてなぞってきた。

「触ってるぅ」

「えへへ」

結愛が手で防ごうとしても、その手を摑んで「ちょっとだけ」と言いながら、プクリと膨らんだ乳輪から、さらに突起した乳頭に触れてきた。

結愛の乳首の先端は羞恥と緊張のせいか敏感化しているらしい。「ああっ」と快感の声を漏らして、小さな尖った顎がクッと上がった。

結愛が過敏な反応を示すと、弘樹の眼が鈍く光った。

幼い乳房を手の中に包んで握り込まれた。

「いやっ、お乳は嫌なのぉ……」

すでにある程度身体を触られることを受け入れていた結愛だが、乳房を摑まれると、急に痛みを感じて顔をしかめた。それに気づいたのか、弘樹は乳房からすぐ手を離した。そして今度は指三本でそっとつまみ上げるようにされた。だが、それもやや痛いのと、やり方が恥ずかしいのとで、泣きそうな眼で弘樹の顔を見上げた。

「痛いの？」

訊かれて、黙って頷いた。

「一秒か二秒だけ」

いい加減なことを言って、左右の乳房とも指でつままれ、面白がるようにギュッ、ギュッと揉まれた。

「あいいっ……」

快感はあったが、疼痛《とうつう》と羞恥とイタズラされた屈辱感で「いやっ」と上体をひねって振り切った。

一瞬沈黙が流れたが、腰にそっと手を回された。

横を向いていると、正面を向かされて抱きしめられた。

「いやっ、あぁ、やだぁ！」

結愛は弘樹の胸を手で押しながら、しばらく小さな身体をくねらせてもがいた。

「僕、結愛ちゃんのこと好きになっちゃうよ」

好きなどと言われても、結愛はドギマギさせられるだけで、どう返せばいいかわからない。黙っていると前から両手を腰に回されて抱きしめられた。

弘樹のズボンの中の硬いものが結愛の柔らかい腹部に押し付けられている。手がお尻にそっと当てられた。お尻をやんわり摑んで揉み、さらにゆっくり味わうように太腿からお尻、腰まで撫でてきた。

「も、もう……」

やめてと言おうとしたが言えなかった。だが、身体を撫で回されていくので、もう一度手で弘樹の胸を押して離れようとした。

弘樹はまもなく手の力を弛《ゆる》めて結愛から離れた。無理強いしようとしないのでそんなに恐くないし、嫌いにもならなかった。

(わたしからエッチなこと認めるように持っていこうとしてる)

結愛はわざと裸のお尻を見せてしまった。それを知っている弘樹は身体を触らせるようにもなるだろうと思っているのかもしれない。結愛は想像するが、嫌悪感なんてないし、少しくらいなら触られてもいいと思っている。気持ち悪さは感じなかった。ただすんなり受け入れるまでには至っていない。特におチ×ポと思われる前のゴリゴリした硬いものを下腹部に押し付けられると、さすがに横を向いてしまった。

(ぼ、勃起してるのかしら?)

あの硬さと大きさからして、ひょっとしたら……と、顔を赤らめる。

また弘樹の手が伸びてきて、腰骨を摑まれた。そしてもう一方の手で脂肪が丸くこってりついた球体に近い少女尻をゆっくりと撫で回された。

さらに華奢な腰を手で抱えられて逃げられなくされて、指先で尻たぶの丸いすそのあたりを何度か掬《すく》うようにされた。

お尻の脂肪肉がプルン、プルンと揺れた。

「こうやってぇ、指を這わせていくとぉ……」

お尻の割れ目にもぞもぞと指を這わされた。尻溝に指を深く入れられていく。

「あ、あっ、あはぁン……」

無理やり感じさせられていても、その快感を拒むことなく味わいながら弘樹の顔を見上げた。眼に青白い光が見えたような気がした。

その光は少女を餌食にする性的に邪《よこしま》な欲望を表していた。それがわかる結愛だが、強くは抵抗できない気持ちになっている。

結愛はたっぷり脂肪のついたお尻の形が変形するまでグッと強く摑まれたり、ブルンと波打たせるように思いきり撫で上げられたりされた。わざといやらしく扱う感じを出してくる。

「も、もう、そこまで。そこまでなのぉ……」

情けないような声になって拒んだ。

再び弘樹の胸を両手で押すと、弘樹はまもなく離れた。

「うーん、お尻の感度がいいみたいだな。パンツがビキニっぽいから、お尻がプリプリしてエロく見える。それに意外に大きなお尻だ……」

まだスカートを手で捲ってショーツを丸見えにさせながら、悦に入るように言った。

弘樹は終始スケベで、大胆に触ってきた。結愛は抵抗はするが、その声はどこか甘ったるいものだった。

（あぁ、触られるの当たり前になってきてる。でも、これ以上されたら……）

もう悩ましくなっているが、いやらしい手管《てくだ》を受け入れていることを弘樹に悟られたのか、もう一度腰を抱きかかえるようにされて、お尻をぐるぐると何度も撫で回された。

「やーん、またそういうふうに触るぅ。お、お尻が好きなのぉ？」

結愛は嫌なのに、恥ずかしいのにゾクゾクと感じてしまう。性感帯を刺激されて身体を何度もくねらせた。

「あそこを別にすれば、やっぱりお尻が少女の一番のエロの部分かな。でも、結愛ちゃんのこの小さなオッパイも、むふふ、触っちゃいけない雰囲気が半端ない……」

Tシャツに浮いて見えている円すい形の乳房を指差されて、結愛はのけぞるように身体を反らした。乳房についていやらしい言い方をされて、羞恥する以上に心を傷つけられた。弘樹はお尻から胸に食指を伸ばしてきた。

最近気にしていた乳房のふくらみをじっと見られると、スカートを捲ってパンティを見せたこと以上に羞恥を感じた。弘樹に乳首を見られているのが痛いほどわかる。心臓が早鐘のように打ちはじめた。

「少女だからオッパイが飛び出す形だね。可愛いというより、エロだな」

「いやっ、エロなんて言われたくないっ」

結愛はまん丸いお尻は自慢だが、最近綺麗な円すい形に膨らんだ乳房には羞恥する気持ちが強かった。手が自然に胸まで上がってきて庇《かば》おうとする。

「乳腫れしたくらいのイチゴみたいな形じゃなくて、いい感じにまで膨らんできてる」

弘樹の顔が結愛の胸にぐっと迫ってきた。結愛は手で隠そうとしたので、ことさら胸の膨らみに顔を近づけて見ようとしているのだと思った。

「いやぁ」

肩をすくめて羞恥する。眼の前で見られながら卑猥に言われるとぞっとしてしまう。

「来年になったら、もう大人のオッパイの形してるんだろうね」

「あぁ、そんなのわからないわ」

「でも、僕は今の結愛ちゃんのお乳が好きだよ」

指でちょんちょんと、乳首を突かれた。

「ああっ、触らないでぇ」

結愛は眉間に辛そうな皺を寄せて、小さな手のひらで蓋《ふた》をするように乳房を隠した。

だが、弘樹にその手を摑まれて、指三本で幼乳を握られた。

「やぁぁぁーん！」

やや強く握られたため、美しい円すい形の乳房はひしゃげて平たくなった。今度ばかりは結愛も狼狽《ろうばい》して、弘樹から一歩後ろへ跳びのいた。発育途上の乳房の痛みは強く、結愛は顔を歪めたままになった。

「痛かった？　ごめん、ごめん。でも、マシュマロのように柔らかいんだね。少女の乳房は硬いっていうけど……」

弘樹はすぐ謝ったが、またさっと結愛の前に立った。肩を抱かれて、Tシャツの上からだが、指で乳首をつままれた。

「触らないでったらぁ」

敏感な先端がピクンと感じてしまい、思わず声を荒げて身体をくねらせた。

「形のいいオッパイと、尖った乳首が本当に魅力だなぁ」

指でつまんで弄られたうえ、まだ幼乳をいやらしく視野に収められている。だが、結愛はもう手で隠したりしなかった。隠そうとするとかえって恥ずかしい。スリップやシュミーズを着けていなくても、花のプリントが入っているので乳首など目立たないと思っていたが、目の前で見下ろされたら、どうしたって表面に浮き出した小ぶりな乳房と乳首は眼で楽しまれてしまう。

大人が自分のような年齢の女の子のお乳の形を見るのが好きなことは経験的に知っていた。去年くらいから、見知らぬ男性にTシャツやキャミソールの表面に表れた乳頭の尖りを観察するように見られたりしていた。

（あぁ、でもぉ……さ、触るなんてだめぇぇ……）

まだブラジャーを着けるほど乳房は大きくない。それならダサい女児用シュミーズやジュニアスリップを着て、乳房や乳首の尖りを隠せばいいが、結愛は普通の子より大胆で、子供であるという建前の下にその悩ましい形を露出させることがあった。それは恥ずかしさはあっても、開放感が得られる微妙な少女の心理からの行動だった。

以前から危うさを楽しむようなところがあった結愛は、まん丸いお尻にぴっちり張り付くショートパンツと同様、Tシャツの胸も見られて興奮していた。ただ、もう薄いTシャツやキャミソール一枚という姿は限界の年齢に達しつつあった。

「結愛ちゃん、オッパイは手で隠してればいいから、上は脱いじゃおう」

弘樹にTシャツのすそをつままれて、少し捲られた。

「どうして脱がなきゃいけないのぉ？」

おへそが出て恥ずかしいのでTシャツのすそを摑み、弘樹の手と争って下げた。

「脱いだほうが可愛くなるから」

「そんなの変わらないわ」

「いやいや、結愛ちゃんは大胆な行動をするとき、女の本性があらわれて、キレイになる」

ゾクッと悪寒がするような言葉だったが、自ら露出することを指して言ってる。意味はわかるような気がした。

「さっきスカート捲ってパンツ見せてくれたから、スカートはもういいだろ？」

「えっ」

「脱いじゃおうよ」

スカートを脱いでパンティを見せる。それはまだちょっと抵抗がある。結愛は黙って弘樹を上目で見ていた。

「ね、思いきって上も下も脱いで」

「あぁ、パンティ一枚になっちゃう」

「もう裸を撮られてるんだよ。どうってことないって」

そそのかしてくる。いい加減なことを言われて、少し幻滅するが、結愛はもう気持ちが悩ましくなっている。ただ結愛ははたと気づいたことがあった。裸を撮られてるって言うけれど、画像は削除したはず。

「画像まだ持ってるのぉ？」

結愛はコピーがあるのではないかと疑って訊いた。弘樹は眼がちょっと笑っている。その眼がまだ画像があることを物語っていた。

「パソコンとかに入れてるんでしょう？」

「大切な結愛ちゃんの着替えシーン、お尻丸見え動画だから……」

「やーん、消してくれないと、恥ずかしい！」

「削除してあげるから、さ、脱いで脱いで」

「だめぇ、ずるいわ」

黒目がちな大きな瞳が涙で潤んでしまう。

ただ結愛はすでに見られることでM的に興奮するようになっていた。身体に触られることは別として、気持ちとして最初持っていたような強い抵抗の気持ちはなくなっていた。

「上はスリップ着てないから、やだぁ……」

そう言ってしまうと、スカートに弘樹の視線が向けられた。期待して見ている弘樹の顔を見て、脱がなければならないような雰囲気を感じた。

それでもパンティ一枚になるのは恐かった。最後の一枚も脱がされたら、生まれたままの素っ裸になる。そして、最悪はセックスをされてしまう。犯されるという言葉が脳裏に浮かんだ。

「見るだけにしてぇ……」

結愛はおずおずとスカートを脱いで、Tシャツも脱いでいった。

ビキニショーツ一枚の姿を晒すと、両手で裸の胸を隠した。膨らんできた乳房のほうが恥ずかしかった。下はパンツで隠しているから見られても仕方ないという気持ちになっている。

弘樹の手がパンティに伸びてきて、ウェストゴムの真ん中をつまんで引っ張り上げられた。

「ほらぁ、具の形が出ちゃった」

「いやぁン……」

クロッチが上へピンと伸びてきて、割れ目に少し食い込んだ。具というのが性器のことだということはわかる。

弘樹の顔が結愛のビキニのフロント部分に迫った。粘っこい視線を這わされている。

「そこは、絶対触らないでぇ」

「大丈夫、触らない。でも、土手がもっこりしてる。少女のここは、けっこうやらしいなぁ」

弘樹はしばらく立体的になった逆三角形の盛り上がりを眺めていた。

恥丘をそっと撫でられた。

「やぁン！　触らないって言ったわ」

結愛は声を荒げて、腰を深く引いて前をスケベな手から守ろうとした。

「土手だからいいじゃない。割れ目じゃないし。そこは触らないよ」

「どこにも触らないでっ」

結愛はほとんど涙声になっている。

「少女って大陰唇が大人よりもっと上のほうからはじまってるよね」

じっくり見て言うので、内股気味になって隠したい気持ちが表れた。

「ふふふ、結愛ちゃんは成長してきてるから、割れ目がそんなに上に来てない。ポコッと土手……いや、恥丘が出てる。下のほうにざっくり割れたスジがあるよ」

「い、いやぁン」

結愛は直接的に恥ずかしいことを言われ、羞恥でまた腰をカクッと引いて視線が揺れた。

「薄いパンティだから、ビラビラの形も見えてる」

「ビ、ビラビラなんてないわ」

「あるよ、襞が……。少女も持ってる小陰唇。ぐふふふ」

割れ目の中に二枚の襞があることは知っている。小陰唇という名称も。この前、鏡で見てさらにオナニーもしたばかりだ。もちろん以前から自分の大陰唇も小陰唇も触ったことがあるし、快感があることも知っていた。

「穴は、ここに……」

「あっ、触るぅ！　だめぇぇっ！」

指で意地悪く膣口を押された。ビクンと大きく身体が反応してしまう。

「あっ、ごめん、ごめん。もうしない」

弘樹は眼を細めて軽い感じで謝り、笑顔をつくって見せている。結愛は膣は知ってはいるが、少女の禁忌の日以外はあまり意識することがなかったため、正確な位置はよくわかっていなかった。今、弘樹の指先が少しめり込むことで教えられた。

「むふふふ、上のほうがクリトリス……クリトリス包皮と肉芽のクリちゃん……」

コリコリとその敏感な突起を指の爪で引っ掻かれた。

「だめぇっ！」

快感でピクッ、ピクッと腰の引き攣れになって反応した。

パンティのクロッチを細く絞って幅を狭くさせられ、引っ張られた。小陰唇と肉芽の形がさらに浮いてきて、目と鼻の先からじっくり観察するように見られた。

「お豆さんの形がわかるよ。ここを擦ると感じて、ヒイヒイ言うことになるぞ」

結愛は目をつぶって無言で首を振った。

「知ってるだろう、オナニーしてるから。感じまくってイクーッて言って、イクんだろ」

言われるとおりだった。結愛は何度も陰核を擦るオナニーで絶頂を経験していた。

指がまだ割れ目のすぐ近くでうろうろしている。また触られそうになって、眉をしかめて弘樹を睨んだ。弘樹はちょっと気が引けてきたようで、手を引っ込めた。

結愛は下半身に関心を持たれてイタズラされても、まだ発育途上の二つの幼乳を手で隠して身体を縮こまらせていた。

弘樹を見ていると、何か一段落ついたように見えた。ズボンのベルトを緩め、ジッパーを下した。

（えっ、脱ぐの？）

結愛はにわかに不安になった。

ズボンを脱ぐと、下はブリーフの姿になって男の前の膨らみを見せられた。そこは縦長にぐっと盛り上がって見えた。

「あぁ……やぁン……」

どうしても見てしまう。何をしようと言うのか、半歩下がっておっかなびっくり弘樹の次の行動を見守っていた。

男の人のそこが勃起という状態になることも結愛は性教育的な知識として知っている。女の子の身体の中に入れるために、ペニスが膨らんで長くなる。入れたあとで出し入れがなされて、射精する。

性交を知っていたが、生の勃起したペニスは見たことがないし、ブリーフに表れたその形を眼にするのも初めてだった。

結愛は弘樹がブリーフの穴に指を入れるを見て、胸騒ぎがした。

(何する気ぃ……まさか、勃《た》ったおチ×ポを出すの?)

ちょっと息を呑んで見ていたら、果たして弘樹がブリーフの穴から肉棒を指で外へ出してきた。

結愛は勃起に眼を見張った。エッチな気持ちになる余裕なんてない。ただショックだった。

弘樹が次の瞬間まさかという行動に出た。結愛はだらんと下げていた手を摑まれて、太くて硬い肉棒を小さな手で握らされた。

「いやぁーっ!」

かん高い声をあげて摑まれた手を振りほどいた。結愛はショックで顔を赤らめて、拳《こぶし》をつくった両手を胸の前に上げた状態で身体が固まってしまった。

隣の部屋まで聞こえてしまいそうな悲鳴だったので、さすがに弘樹も驚いたのか、露出させていた肉棒をブリーフの中にしまい、ちょっと悪びれたような顔つきになった。

「も、もう、帰るわ……」

結愛はやったことより、そのイケメンに似合わない態度を見て幻滅した。ただ、しつこく肉棒を握らせたりはしなかったので、印象としては優男でそんなに恐い人じゃないという思いは変わらなかった。

結愛は弘樹に背を向けて帰ろうとした。

「コピーとかあるんでしょう。ずるい人……。公開なんかしたら、捕まるんだから」

苦笑いするような顔の弘樹に対して、結愛は「いーっだ」と言うような顔をしてみせた。

狭い玄関に脱いでいた靴を履いた。

「公開なんかしない。僕の宝だから……。これからも、結愛ちゃんには期待してるよ」

部屋を出るときそう言われて、またお尻を撫で上げられた。

「いやぁ……大人が、男の人が、しょ、×学生の女の子に触っちゃいけないもん」

弘樹のほうを振り返り、身体が震えるような恥ずかしさをこらえて言ってみた。弘樹は黙って顔に不敵な笑みを浮かべた。

もう玄関から外へ片足を踏み出していた。その状態なのに、結愛は気持ちがまだ弘樹のほうにあって、思わせぶりに訊いてみた。

「期待してるって……あぁ、何をですかぁ？」

結愛は恥ずかしくなって、弘樹を見る眼が胡乱な眼差しになった。

「また部屋を覗かせてくれること。それからここに来ること……。むふふ、できたら写真も撮らせてね」

弘樹は平気な顔をしてそう言うと、ニコリと笑った。

「だめぇ……」

結愛はプルプルと首を振った。弘樹の部屋から出ると、彼がどんな顔をして見送っているのか見るのが恐かったので、少しも振り返らずに外の階段を下りていった。

第三章　屈辱の幼穴公開調教

翌日、夕飯を済ませてしばらく経った。結愛はそわそわして落ち着かなかった。弘樹からの着信が予想されるからで、メールは頻繁に来ていた。電話がかかる時間帯はちょうど学校から帰ってくるころか、夕食後しばらくして七時以降が多かった。

自分の部屋に入るとほどなく、携帯に電話がかかってきた。

友だちからも電話がかかるが、夜に電話してくるのは弘樹からだと思った。

「隣から結愛ちゃんの裸を覗いちゃおうと思うんだ」

弘樹は早速、結愛を辱めるようなことを言ってきた。

「は、裸って……服を脱ぐのぉ？」

結愛は一点をじっと見つめてしまう。

「窓を開けて、部屋で裸になって見せてくれない？」

「ええっ、そ、そんなことぉ……」

結愛は拒否したいが言葉が出てこなかった。

窓から隣の部屋を見ると、弘樹がこっちを見ていた。電話でやり取りしながら裸になるなんて恥ずかしい。

だけど、エッチな遊びに胸騒ぎに似た羞恥と興奮を感じてしまう。

「パンティ、脱いでくれない？」

「い、いやぁ」

三メートルの距離だから、眼と眼が合っているのもわかった。結愛は思わずカーテンを閉めた。

「思いきってパンツ下ろして、アソコを指で広げてピンク色のを出しちゃおう」

「うあぁ」

あからさまに言われて、結愛は狼狽してしまう。カーテン越しだが、まだ弘樹の顔の表情まで見えている。

「オナニーしてみよう。テレホンセックスだ」

「テレホンセックスぅ？　い、いやぁ……」

求められていることがわかった。電話で会話しながらオナニーする。そんなことできない……。

「見せるのが好きな子なんだから、オナニーもいいじゃない」

「ち、違うわ……あなたが見るのが好きなだけでしょう？」

否定するが、覗かれながら裸になると思うと、胸騒ぎに似た羞恥と興奮を感じてしまう。結愛は恥ずかしいような切ないような気持ちになった。椅子に座って机に向かった。窓は開けているが、もう学生からは見えないところにいる。

スカートからパンティをスルスルと下した。パンティを穿いていない状態で相手と電話する。それだけで胸にキュンとくるような快感があった。

「今どうしてるの？パンツ脱いだ？むふふ、指で割れ目を開いて、ピンクのオマ×コを出して……」

「えっ、オ、オマ……いやっ！」

「オマ×コを擦って……」

「で、できないっ」

結愛の指はすでに割れ目の中に入っていた。粘膜に直に当たっている。

電話で恥ずかしいことを言われながらオナニーをするなんて、今まで考えたこともなかった。

中指一本まっすぐ伸ばして、膣口からクリトリスまでゆっくり上下に撫でていく。敏感な肉芽にはほとんど触れないようにしたが、膣だけでじわじわ感じてくる。

「窓際に来てよ。やってるんだろ、オナニー」

「あぁ、してないわ。オ、オナニーなんてぇ」

指先を膣口につけて、小さく円を描くようにぐるぐる回して撫でていく。

「はぁうっ……」

喘ぎ声をこもらせる。襞が指に当たってその感触を思いながら、電話する後ろめたさとドキドキ感で興奮した。

「クリちゃん擦ってる？　可愛い声聞かせてよ」

「し、しないわ……あっ……くぅっ……」

触るつもりがなかった肉芽を指で捉えた。一番の快感ポイントを刺激したら、声を出さないように我慢することなんてできない。わかっていて肉芽を擦っていく。

「うん？　声が聞こえたぞ。やってるなぁ」

「し、してません……あぁ、あンッ！」

椅子に座った状態だとそんなに大きく開脚できないが、九十度くらいに股を開いて、指三本ピンと伸ばしてオマ×コを揉みつづける。膣口に指を当てて離さず、同時にその指のやや根元に近いところでクリトリスを圧迫し、ぐりぐり揉んでいく。眉間に皺を寄せ、鼻腔に響く声を口にこもらせた。

快感は幼膣全体に及んで、膣壁と膣表面の分泌腺から淫液がジュッと分泌している。中指と薬指を恥裂に密着させて押さえ、ハッ、ハッと息咳く声をあげながらせわしなく膣肉を前後に摩擦した。

「あ、あっ、あう、あうン！」

「ほら、やってる。ふふふ、その調子だ」

中指と薬指の先で肉芽をこねこねと揉み込んでいく。

「か、感じるっ……はぁンッ、うンはっ、あはぁうンーッ！」

少女とも思えない淫らな喘ぎ声をあげて、その指の動きはめまぐるしいものになった。五本の指全部に力を入れてピンと伸ばし、力のある中指で強くクリトリスを押し、左右にせわしなく摩擦していく。

「アッ、アアッ、アァアアアアーッ！」

「おっ、イクのかな？　むふふ、今、オマ×コのどこをどうしてるんだ？」

訊かれてももう応える余裕がなく、開いた脚で踏ん張って腰が浮いた。脚がさらに開いてピクピクッと痙攣し、急にぐっと閉じた。

「あンはぁン！　あああっ、だめぇっ、クゥーッ！」

ジュルッと愛液が溢れてきた。

「ほーら、やってる。どんどんやれ」

結愛は椅子の上でビクンと強くのけ反り、背もたれを軋ませた。煽《あお》られるまま、突起した肉芽を指の腹で押さえてぐりぐりと捏《こ》ね回していく。

キューンと強い快感が根っこまで浸透して、また愛液が垂れ漏れてきた。

(このまま続けたら、イッちゃう！)

結愛は我に返って、携帯を机にコトンと音を立てて置いた。

足元まで下げていたパンティをお尻まで上げて穿くと、窓を開けてみた。

三メートルくらいの距離から、どこかニヒルな顔でこっちを見ている弘樹の姿があった。

「オナニーの声よかったよ。ビンビンに勃っちゃった。パンツ脱いで、もう一度オナニーして見せて」

「いやっ……オナ……ニ……し、してないわ」

弘樹に求められたが、結愛は慌てて電話を切った。電源も完全に切ってしまった。

電話で恥ずかしい会話をしながらオナニーなんて、生まれて初めての経験だった。

羞恥と快感で興奮度が上がり、自分で自分をどうすることもできなかった。

（ティッシュで拭かなきゃ……）

もう一度パンティを太腿まで下して、火照った恥裂をティッシュでゆっくり押さえて愛液を染み込ませた。二枚、三枚ティッシュに染み込ませて拭いてから、パンティを穿いた。

正直にオナニーしていることを言い、その姿をカーテン越しにでも見られたら、どんなに興奮しただろう。想像すると昂ってくるものがある。今度恥ずかしいことをさせられるときは、公開オナニーをやってしまいそう。

でも、パ、パンティを脱いで、女の子の大事なところを見せながらオナニーするのは……ああっ、そ、そんなこと、恥ずかしい！　できっこない！

少女でもある程度成長してくると、露出願望が芽生えてくる。今、見られるマゾヒズムが結愛の身体の奥から湧き出している。×学生なのに、子宮から淫らな命令が発せられて、抵抗できなくなった。

その後、電話は二日間かかってこなかった。

勝手に電話切っちゃったからか……。結愛は何か寂しいような変な気持ちになった。

わざと見せてるなんて、認めなきゃ覗かれただけということになる。このままビキニショーツとか、女児ショーツを穿いて、あの人に見られるようにする。外ではショートパンツのお尻をいろんな男の人に見せるの……。

眼がとろんとしてイケナイ女の子の気分でいる。罪悪感も手伝って、かえってその快感が病みつきになりそうで恐かった。

翌日。風呂に入ったあと、結愛は窓際に立っていた。

窓ガラスを通して、電気がついた弘樹の部屋がぼんやりと見える。

窓を開けると、レースのカーテン越しに弘樹の姿が見えた。顔も大体わかる。こっちを見ているようだ。恥ずかしくてドキドキする。

結愛は一階の洗濯機で洗ったショーツが二枚あるので、ベランダで見られながら干そうと思って用意していた。いったん窓を閉めて携帯電話を開いた。

「今からショーツを干すわ。絶対見ないでね」

結愛はわざわざ電話して、思わせぶりにそう言った。

「そ、そうか。わかった。あはは、見ないよ。で、どんなパンティなの？」

弘樹は笑っている。

「やだぁ、パンティのことすぐ訊いてくるのね……。前にあなたに見られたビキニじゃなくて、普通のジュニアショーツよ。スマホで撮ったりしたら、ママに言いつけちゃうから」

「わかった、わかった。はっはっは！」

今度は大きな笑い声で返してきた。前にビキニショーツを取り込むとき見られた羞恥と興奮を思い出す。結愛はもう一度再現してその見られる快感を味わいたかった。

弘樹の部屋の電気は消えていた。でも彼がいるのはわかる。暗い部屋の中からこっちを覗いている。無言のうちに意志疎通できていた。他の部屋は電気がついて人がいるようだったが、窓は締まっていてエアコンをつけているらしい。こっちを覗かれる心配はなかった。

弘樹の部屋だけ網戸を締めて窓は全開させている。

結愛も熱いがエアコンは使っていなくて、窓を開けた。

超ミニを穿いて、上はジュニアスリップの姿である。さっとしゃがんで、脚を大きく開いた。洗濯したコットンショーツを物干し竿にクリップで挟んで干した。

（あぁ、見られてる……）

パンティの股間とスリップに透けた乳房を見られていた。またスマホで撮られてもいい。そんな自虐的な思いになっている。

結愛は弘樹の部屋を見ないようにした。この期《ご》に及んで故意でないようなふりをして、超ミニでしゃがんで片脚を横に開いていき、恥ずかしいポーズを取った。もちろん股間は丸見えにさせている。

新しく買ったコバルトグリーンのナイロンショーツの股間を披露していく。股上が浅いローライズでハイレグではないが、ポリエステルよりナイロンのほうが耐久性が高いことをたまたま知っていたので、長持ちすると思って購入した。

結愛はショーツを干してしまうと、ふとそれだけで終わるのでは物足りなくなった。椅子を弘樹からよく見える位置に移動させて座った。ドキドキしながら脚を座面に上げて、両膝を高く立てた。

部屋の電気がついていて明るいから、弘樹からはパンティの股間が丸見え状態のはずだ。カーテンも網戸も開けているから遮《さえぎ》るものは何もない。

(あぁ、こんなことしちゃいけない。でもぉ……)

いけないとわかっていても、魔法にかかったように自ら晒してしまう。恥ずかしさから顔を背けてしまうが、相手の姿が見えないまま椅子にもっと浅く腰掛けた。股間をさらに露出させようとしたのだ。

突然電話がかかってきた。

「結愛ちゃーん、むふふ、サービス満点だね」

「あぁ、見ないでぇ。見ていいなんて言ってないわ。覗きはだめぇ。いやーん……」

故意に甘ったるいような声を出してそう言ってやった。それも弘樹へのサービスだった。

結愛は携帯を持った手を懸命に伸ばして棚の上に置き、弘樹に暗闇から見られながら、手で両脚を抱えてまんぐり返しのような格好になった。脚を高く上げて股をおっぴろげていく。

恥ずかしい姿を見られたい気持ちをぎりぎりでどうにか抑えていたが、我慢できなくなっていた。膨らんだ大陰唇とその内側の複雑な襞びらの形状は薄い化繊の生地の股布に出て晒されている。

今、携帯は耳に当てていないため、弘樹の声は聞こえない。

（あぁ、覗かれてる……）

今、彼の部屋で間近から直接見られたときとは異なるトキメキを感じていた。外から覗かれる羞恥と快感は心に深く入ってくる。

前にやった百八十度開脚は椅子では無理で、床に這って大股開きで見てもらおうとしても、ちょうどベランダの鉄柵が邪魔して見えにくくなる。角度から言って椅子に座ると、ほぼ股間が丸見えになった。

結愛は浅く腰掛けて何とか肘掛けに両脚の膝の裏あたりを乗せて開脚の姿勢を保った。そうしておいてもう一度携帯を手に持った。

携帯を耳に当てると、弘樹の弾む声が聞こえてきた。

「結愛ちゃん、偉いよ。もうあれこれ言わないから、好きなようにすればいいよ」

「好きなようにって、何？」

結愛は逆にしてほしいことを催促してもらおうとした。

「むふっ、結愛ちゃんがしたいことだよ。例えばこないだやったオ、ナ、ニー」

「やーん、エッチィ……」

ひときわ、かん高く声をあげてみた。

結愛は携帯を耳に当てておいて、まず指でピンと張った化繊のショーツのクロッチを割れ目に沿ってそろり、そろりとゆっくり撫でた。もうそれだけで、愛液が染みてくるのを感じた。

触る前に気持ちが入って期待感から濡れはじめていた。濡れを弘樹に悟られるのではないかと恐れるが、指を膣穴やクリトリスを直撃するようにぐっと立てて押しながら、細かく擦っていく。

指先が薄い生地のクロッチを凹ませて少し恥裂内部にまで潜り込んだ。

「それが結愛ちゃんのしたいことなんだね。それに濡れてるじゃないか、さっきズームして見えたよ」

やっぱり愛液の染みも見られていた。それも見られる快感につながっている。結愛は興奮の中で、右手の指二本を使って盛んにクリトリスを擦っていく。

携帯を顎と肩で何とか挟んでおいて、左手で乳首を弄った。

「おおー、本格的にオナニーショーを見せてくれるんだ。結愛ちゃん、パンティ脱いでオマ×コ出してやっちゃおう」

「あう、そ、それは……」

女の子の大事なところそのものを露出する。それはまだ恥ずかしくて考えられなかった。ましてオナニーして見せるなんて恐い。

今パンティの上から弄り抜いてオナニーしているが、それが限界だった。しかもやりながら、ひょっとするとあとで後悔するかもしれないという戸惑いさえあった。

結愛は額に汗を吹きながら手が疲労するまで肉芽を擦り、耳からずれる携帯をしっかり肩で挟んで、左手で乳首を弄りながらオナニーを続けた。

それは絶頂までいくつもりでやる覗き部屋のオナニーショーだった。性感帯に沁みる快感が陰部のお肉を覆ってしまうまで、覗かれながらの自虐オナニーを続けた。

「ああっ、はンあぁっ、はうぅぅぅーっ……」

よがり声を思いきり弘樹に聞かせていく。恥辱の喘ぎ声を野放図《のほうず》に披露して、一瞬学生アパートの他の部屋にまで聞こえてしまいそうな気がして、結愛はちょっと声を抑えようとした。

左手で乳房を撫でながら、オマ×コを弄ると、快感が積み重なってくる。眼はつぶったままだから、もう弘樹がいる部屋のほうも見なくなった。

鋭く感じて、腰が前後左右に蠢《うごめ》いた。見られる恥ずかしさで震えている。

弘樹の部屋の電気がついた。明るくなった部屋で弘樹の姿がはっきり見えた。

「部屋の電気つけないでぇ」

覗いてくる弘樹が見えて、ひどく恥ずかしい思いになった。オナニーを見られている臨場感が耐えられない。

電話で訴えたが、弘樹から反応はなかった。固唾《かたず》を呑んで見入っているのだろうか。

(パンティは穿いてる。でも、恥ずかしい大股開きのポーズで、お股を弄ってるぅ)

そんな×学生の女の子をエッチな男の人がおチ×ポ立てて、涎垂《よだれ》らして見るのは当たり前だと思った。徐々に幼膣と肉芽の快感が昂ってきた。身体中に汗をかいている。

薄い化繊のパンティは汗を吸ってじっとり湿ってくると、透け感が強くなってお尻や股間の輪郭がありありとしてきた。

結愛は一気に昇りつめてしまおうとして、主にクリトリスを指で摩擦した。

「あぁあぁあっ……イ、イクッ、イクゥ……見ないでぇ……あぁ、イクイクゥッ！」

「おーっ、結愛ちゃん」

弘樹の感動するような声が聞こえた。

結愛は化繊のパンティクロッチを愛液で透けさせながら、包皮から飛び出したクリトリスを圧迫摩擦した。

「イグゥッ……イ、イグゥ、イックゥゥゥーッ！」

肛門がキユッと締まる。もちろん膣もクイクイ締まっていく。

腰がビクン、ビクンと電気でも流されたかのように痙攣した。

「ひぐっ、イクゥ……あうン、クゥッ、あうあう、あぁあうぅぅぅ……」

イキ声が淫らに発せられ、溶けるように緩んで、少女器のお肉も蕩《とろ》けていった。

見られるマゾ性の発露の中で幼くも淫らなオルガズムとなり、椅子の上でぐったりとなって小さな身体を休息させている。濃桃色に充血した膣からはまだ愛液が垂れ漏れてくる。

いやらしく見られ、辱めの会話をされて、自らイキまくって終わった。なのに、結愛は最後の詰めのような行動を起こそうとしていた。

床につけていた脚を再び椅子の座面に上げて、さらにその脚をゆっくりと宙に上げていった。太腿はやや揃えて開脚はしていない。長い脚はまっすぐ上げられて止まった。

結愛はコバルトグリーンのナイロンショーツのウェストゴムを摑むと、くるっと下から剝《む》き上げるように下ろした。生の割れ目が露出した。柳葉《やないば》状に幅がある恥裂とその内部は子供でも卑猥な性のお肉である。

肌色をわずかに濃くした微妙な色の大陰唇の間から、さなぎから出てきたばかりの蟬《せみ》の羽のような小さな可愛い襞びらがはみ出している。

幼膣の入り口が独立した生き物のように蠢いている。熱を持った恥裂がお尻の穴へと続いていた。

セピア色した小さな朝顔の花のような肛門は不潔感がまったくない。結愛は膣の穴とお尻の穴の二つの性器を持っていた。

その二穴はイタズラ被害を受けるときは、必ず指とペニスを挿入されてしまう被虐の幼穴である。

（あぁ、み、見られてるっ……）

女の子が絶対人に見せてはいけない秘密のアソコ……。たとえイケメンの男の人にでも、本当に好きかどうかわからない相手に股を開いて見せるなんて、恥ずかし過ぎる。

今見られているんだと思うと、ざわざわと子供らしくないマゾヒスティックな興奮が心の中に湧き起ってきた。

親にばれないように、隣のアパートの学生と卑猥な遊びを繰り返している。そんなスリルと興奮を味わって悶《もだ》えている。

「あぁ……」

結愛は十秒くらい股間を晒した。その羞恥と露出マゾヒズムとも言える見られる興奮で、まだ性的に未成熟な結愛も舞い上がってしまった。

最後に椅子から立って弘樹の部屋のほうへお尻を向け、白桃と見まがうような球体に近い白いお尻をプルンと揺らした。

露出の快感でゾクッと鳥肌立ったが、求められたオマ×コ剝き出しのオナニーはできないまま窓を閉めた。

まだ胸の鼓動が高鳴っている。同時に割れ目がヌルッとしているのを感じた。

露出オナニーで愛液が溢れ出した。恥ずかしさと嬉しさと快感が混ざって少女の液汁が出てくる。自らの行為に慄《おのの》いて華奢な身体が小刻みに震え出した。

これでわざと見せたことが完全にバレてしまった。恥ずかしいのが快感になってる。何でも言いなりになっていたら、いつかきっと……。ショーツを脱がされて、女の子の一番隠しておきたいところをイタズラされちゃう。いや、犯されてしまう。身体の脳裏に浮上してきたのは、男のものを入れられてしまうこと。身体の大きさ、力の強さを思うと、大人はやっぱり恐い。

(も、もうこんなことやめなきゃ……)

自己嫌悪を感じて丸い弧を描いた綺麗な眉を歪めながら、ブルッと首を振った。

だが、結愛は一線を越えてしまったような気がした。そして羞恥と不安を感じるとともに淫らな気持ちになっていった。

第四章　精汁まみれの少女弄り

結愛は学校から帰ってきても、昨日卑猥な露出行為で秘部を晒したばかりなので、今も気持ちが落ち着かない状態だった。弘樹からメールが来ていたが、下校中に電話がかかってきて、部屋に来いと言ってきた。時間も指定されていた。

今穿いているのは好みのショートパンツだが、親に叱られたときのすそがごく短いお尻に密着するタイプではなく、それほどフィット感が強くないピンクのニットパンツだった。

子供が穿くショートパンツとしてセクシーというほどではないが、やや珍しい薄手のニットで、すそと太腿の間にかなり隙間があるのでしゃがむと簡単にパンティが覗けてくる。さらに編まれた生地なので、お尻のところがピンと張って左右の尻たぶのまん丸い形と下のパンティのラインが見えていた。

結愛は学校ではやらないことだが、弘樹の部屋に行くと思うと心がときめいて、柔らかいニットショートパンツに同じニットのベルトを通して、ウェストの位置を無理やり上げた状態でしっかりと締めた。するとショートパンツがぐっと上がっているので、薄手のニット地が股間に密着してフロント部に恥丘と大陰唇の形が見えてきた。真ん中は見事に割れ目の食い込みができている。

下はそんなセクシーに決めるショートパンツだが、上も今日は細い肩ひもの大人っぽいキャミソールを着ていた。裏地はなく、下着にかなり近い。学校ではその上に一枚羽織っていたが、今はキャミだけ着ている。ニットで合わせてはいなくて、さらに薄い生地になっている。

セクシーだが、下着ではないから下には何も着けていないため、尖った小ぶりの幼乳がキャミソールの表面に小さなテントを張ってしまった。そこは少女好きな大人の注目するポイントの一つだと結愛自身知っている。以前からイケナイ露出のときめきを楽しんでいたのだ。

(この格好で行くわ……。あぁ、どんなふうに見えるのかな？　エッチな子に見えてしまうかな。でも、もうそれでいい……)

結愛は自慢のスレンダーな脚についてもファッション的に考えている。今、ショートパンツのピンクと補色の関係にある紺のニーハイソックスが密着していた。ストレッチの部分が太腿の真ん中よりわずかに上にあって、色も形もショートパンツとよくマッチしている。

自己嫌悪はないが、結愛は脚をお尻と同じくらい性的にアピールしたかった。

(こんなことしてる×学生なんて、わたし一人だけだわ)

恥辱の思いを引きずりながら弘樹の部屋まで行った。

震える指でドアチャイムを押した。

まもなく弘樹が現れ、無言でじっくりと全身を舐めるように見られた。

もうそれだけで故意に恥裂を見せたことはもちろん、エッチなことをされたくて部屋に来たことも見透かされているような気がした。そして、このあいだ握らされた勃起したおチ×ポが眼に浮かんできた。

部屋に入れられて緊張してしまう。昨日椅子に座ってパンティを下し、少女そのものを晒した。要求されたオナニーはしなかったが、窓の網戸を隔てただけで幼い白肌の割れ目は弘樹の視線に射抜かれたはずだ。その相手が目の前にいて恥ずかしくないわけがない。

でも……。結愛の心の中では常に相反する思いが行ったり来たりする。恥ずかしいから来てしまう。おチ×ポの挿入は恐いけれど、エロな行為の中の最も危険なこととして心のどこかで期待していた。

「セクシーだなあ、キャミソールって言うんだろ。下もなんか、可愛い。長いソックスも……」

思ったとおり全身を上から下までじっくり見られて、これから何をされるのかわからないような不安を感じた。自分からセクシーな格好をしてきたんだから仕方がない。恥ずかしいイタズラをされそうな気もするが、自分が悪いんだと自虐的になっていた。でも、痛いことはいやっ。例外的に本気で拒否するのは痛いこと、汚いことくらい。彼は怪我をさせるような怖いことはしない。イケメンの弘樹を好きになっていた結愛は不安な中でも何とか信じようとした。

「スポーツ万能みたいな感じね……」

黙って服装やオッパイの膨らみをじろじろ見られていたので、結愛は不安と緊張をはぐらかそうとするように、どこか取ってつけたような笑みを見せて言った。

「やっぱり、そんなふうに見えるのかな」

弘樹は他の人からもそんなことを言われるのか、ちょっと照れるように笑っている。

「前に陸上部に入ってたけど、くだらない上下関係とか変な掟《おきて》とかあって一年でやめちゃったよ」

眉をひょいと上げて言った。これまで見せなかった表情だったし、子供に過ぎない自分にちょっと大人の悩みに近いことを話してくれた。大人から子供への一方通行のしゃべりではなく、意味のある会話ができるような気もしてきた。

「就職に有利かもしれないけど、嫌なものは嫌だから」

「はい……」

ちょっと杓子定規《しゃくしじょうぎ》に相槌《あいづち》を打った。弘樹は軽く笑ったが、結愛は弘樹の言うことを理解しようとした。

「結愛ちゃんはまだ×学生だからわからないだろうけど、高校は規則だらけの刑務所みたいなところだったんで、大学に入ってからも奴隷根性押し付けられるようなことは嫌なんだ」

結愛にはまだわからない話だったが、なぜか母親とのことが頭に浮かんだ。いわば大人や社会に対する反発という意味で共通の思いを感じた。だんだん話しやすくなってきて、結愛は弘樹としばらくお互いの身の上話のようなことを話した。結愛は母親が書道教室を開いていること、自分も書道を習ってきたがあまり好きではないことなど話した。

「結愛ちゃんのお母さん大分前に見たけれど、美人でオッパイもお尻もムッチリだね。

結愛ちゃんも大人になったらそうなるよ」

母親のことで妙なことを言われた。それは嫌な思いがした。

またいろんなポーズ取らされて写真に撮られちゃう。そう思うと、恐いのと同時に得体の知れない興奮を覚えた。

女の子に生まれた悦びを今、味わいたい。クラスの無神経な男子なんかとは違う。大人でかっこいい大学生だからときめく感じにもなるし、それに気持ち的に頼りたくなってしまう。

だが、おチ×ポを握らされた結愛は、打ち解けて話をしてはいても、勃起した肉棒を無理やり女の子の穴に入れられてしまうのではないかと恐れていた。

(隣に住んでいて、誰なのかわかってる。とんでもないことしたら、犯罪になって捕まっちゃうわけだし……)

結愛は弘樹が自分の言うことをある程度聞いてくれるから、無茶はされないような気がした。

「少女のエロに気づかないと、人生の大半を失うね。わからないヤツが多過ぎるよ」

弘樹は吐き捨てるように言いながら、ノートパソコンを開いてたくさんあるフォルダの中の一つをクリックした。

「ネットで拾って集めてるんだけど」

そう言って見せられた画像に、結愛はあっと声をあげた。やや年上に見えるが少女っぽい金髪女性の全裸だった。性器がもろに見えている。

「やーん、見たくないわ」

いきなり見せられた猥褻画像に赤面しそうになる。

「結愛ちゃん、パンティを下してオマ×コばっちり見せてくれただろ」

確かに言われるとおりだった。だが、丸見えの画像を面白そうに見せられると、それが自分の性器を暗示している感じがして急に恥ずかしくなった。

「特にそのものずばりが好きというわけじゃないんだ。下着姿もいいよねえ」

別のフォルダを開いて見せられたのは、やはり外人少女の下着や水着の画像だった。

結愛はセクシーショーツを穿いた少女の画像を見せられて、ピンクのニットショートパンツを盛り上げるまん丸いお尻をひと撫でされた。

「ほら、これ、食い込みひもパンティ」

年端《としは》もいかないような栗毛の美少女の画像を見せられた。無毛の割れ目に深くパンティを食い込まされている。

「やぁン、そこ、だめぇえ！」

パンティが食い込む快感を知っている結愛が画像に眼を奪われていると、股間に手を強引に差し込まれた。

「ニットが素敵なパンツだね。柔らかい」

「やーん、そこぉ……手はだめぇぇ……」

指先が割れ目に当たっている。腰を目いっぱい引くが、ショートパンツのベルトとウエストのあたりをまとめて摑まれた。

「こっちのハイティーン少女は透け透け、割れ目丸見えじゃ」

画像のことを言いながら、同時に指をぐっと曲げて、大陰唇の端からクリトリスあたりまで搔き出された。

「いやぁーっ！」

ショートパンツの上からだが、やや強くえぐられて、身体を大きくくねらせてしまう。何とか腰を引いて逃れようとすると、脇から抱き寄せられた。頰に顔をくっつけてくる。

「結愛ちゃんがするのはこんなポーズ、こんなポーズも……」

「いやぁぁ」

眼の前に飛び出してきたのは、四つん這いで大股開きやまんぐり返し、前屈して開脚など股間が丸見えの恥辱のポーズだらけだった。

「むふふ、少女は全身がエロだよ。どうにでもなる感じと、SMっぽい性的ないじめの雰囲気がたまらない」

弘樹は不気味なことを言って、今度は結愛の脇から回した手で小さな幼乳に触ってきた。

「いやぁン！　言ってること、いやらしくて、それに恐いわ」

上体を弘樹と反対のほうへよじる。小ぶりな乳房から指が外れたが、まだ脇の下あたりを弄ってくる。結愛がむずかると、両手で抱きしめられた。

「こういう基本的な少女のエロがわからない馬鹿が世の中多いんだ。自分と同じくらいの年の女ばかり見てる。必死になって、悪くするとストーカーになる。そんな女、大して価値がないのに」

結愛は恥ずかしい画像を見せられ、身体を弄られながら異常なことを聞かされた。さっき運動部のことや学校のことを聞かされたときとはまるで違う、おぞましいような内容だった。

「そうだ、あれがいい。なんて言ったっけ……サニタリーショーツだ。どこだったかなあ……」

サニタリーショーツは生理のときに穿くパンティで、結愛も持っている。弘樹は『生理』で検索してまもなくそのフォルダを見つけて画像を開いた。

「やーん、女の子の恥ずかしいとき穿くパンティ……そんなもの見せないでぇ」

結愛は自分が穿くものに似ていたので、特に羞恥心を掻き立てられた。

腰に回された手が前に進出してきた。

「ああっ、また触るぅ」

もぞもぞと鼠径部《そけいぶ》から下へと降りてくる。少しやりにくいと思ったのか、手を腰から離して股間へ直接滑り込ませてきた。

「綺麗で、そんなにデカパンじゃないし。意外にセクシーだよ。今度来るときというか、生理になったとき、サニタリーショーツ穿いてきてよ」

「そのショーツは、いやぁっ」

言われてぞっとした。羞恥心をくすぐられ、恥ずかしい秘密の日を覗かれてしまう屈辱感に怯えた。確かに弘樹は生理に対して変態的な興味を持っている感じはしなくて、そのショーツのエロな印象を言っているだけに見えた。結愛は女の子の気持ちを傷つけられるけれど、エッチな会話の中に自然に嵌っていった。

「サニタリーショーツ、持ってる？」

「あぁ、は、はい……」

一瞬持っていないと嘘を言おうかと思ったが、弘樹のいやらしさを我慢して正直に応えた。指三本揃えてピタリと割れ目に当てられている。そのエッチな指をゆっくり曲げたり伸ばしたりしてきた。

「ああっ、そこは……やだぁ！」

ショートパンツの柔らかいニット地越しだが、指でえぐられる感触が悩ましい。どうしても感じてしまう。

「結愛ちゃんの秘密のパンティ姿をじっくり見たいんだ」

「うあぁ、み、見ないでぇ、スケべェ……」

結愛はじっくり言ってくる卑猥な言葉と指の悪辣《あくらつ》な動きで、少女の秘部が熱を持って感じはじめた。割れ目が少しずつ開いてくる。M的な興奮が心の中を満たして、眼つきもトロンとして、しどけなくなってきた。

結愛は故意に裸を見せたことがばれて男の部屋を訪れた以上、卑猥なことをされることはある程度覚悟していた。でも、一番隠したい秘密の日のことをあからさまに言われながら、恥裂を触られるなんて……。今、キュンと心と性感帯にいやらしい刺激が襲っている。

自分で買ってきたピンクとサックスのサニタリーショーツを二枚ずつ持っている。女の子のタブーの日に穿いて、夜電気をつけて窓際で見せる……。そんな想像をするだけで顔を赤らめてしまう。

結愛は恥ずかしい会話で興奮していたうえに、ショートパンツの上からであっても少女の秘部を愛撫されて、じっとりと濡れてくるのを感じていた。

卑猥な画像を見せられてイタズラされるとは思っていなかった結愛だが、弘樹らしいやり方だとも言えるし、まだショートパンツの上から触られただけなので、肩を抱かれて縮こまったままになっている。嫌がって離れたりする気もなくじっとしていたら、肩に置かれた手の指がキャミソールの細い肩ひもの下にすっと入ってきた。

肩ひもをずらされて、その手と少し争った。

「見られたいから、こういう格好で来たんだろ？」

「えっ……ち、違うの……」

「違わないよ。何も考えずに来るわけない」

「あぁ、み、見られるのはいいの。でも、裸は恥ずかしいわ。脱がさないでぇ」

「見せたじゃないか、オマ×コ」

ゴロゴロ

「いやぁ、言わないでぇ」

「触れることも好きなんだろ？」

言い当てられて、黙って首を振った。顔を見られてニヤリと笑われた。

「キャミソールの下はどうなってるのかなあ……」

わざとゆっくりストラップを肩からずらして下ろされた。乳首が見えてきて結愛は慌てて手で隠した。もう一方の肩ひもも同じように、顔をじっと見つめられたりしながら故意にゆっくり外されていく。

「そ、そんなふうにするのいやぁ」

じっくりやられる恥ずかしさに耐えられず、ちょっと涙声になった。

「ほら、出てきた」

プクリと膨らんだ綺麗な円すい形の乳房が露になった。

「やぁン」

胸をさっと両手で隠す。ただ、絶対見られたくないというように必死に隠すというほどではなく、左右の手を交差させて見えないようにしている。肩ひもは肩からは外れてしまったが、手に引っ掛かってキャミソールの上のほうはまだ乳房に被さっている。

「オッパイは手で隠してていいから……」

肩ひもから両手とも抜かれた。結愛がはっとしたときには、キャミソールは一気にバサッと足元まで下ろされていた。

「いやぁーっ！」

結愛はひときわ大きな羞恥の声を披露した。

「結愛ちゃんはこれから五年くらい、男のチ×ポをピンピンに立てる期間が続くよ。特に三年間くらいはすごいんだ……」

「ああっ、下は脱がさないでっ」

妙なことを言われながら、しっかり締めていたショートパンツのベルトを弛められた。両手で摑んで下ろされそうになり、結愛はショートパンツをしっかり手で摑んで脱がされまいと必死になった。強引に脱がそうとするので、ピンクのリボンが付いたブルーのビキニショーツが見えてきた。

「おお、勝負パンツ穿いてきてたんだね」

結愛はかなり腰を引いて抵抗するが、眼を輝かせた弘樹にショートパンツを下ろされてしまった。

「上も下も脱げたね。うーむ、子供だから体格は華奢だけど、痩せてギスギスしている感じじゃないね」

弘樹が言うように結愛は女らしい脂肪がそれなりについている。裸でも色気に陰りが出たりしない。

パンティの股の部分を絞って、割れ目がギリギリ隠れるくらいにされた。

「ひいっ……」

そんなふうにされると思っていなかった結愛は、思わず手で隠そうとしたり前屈みになったりして狼狽えてしまう。その一帯は徐々に性感帯として発育しはじめていた。

「裸になっちゃおうよ」

「い、いやぁ」

裸を求められても、そんな心の準備はできていなかった。

「結愛ちゃん、胸はもう、隠さなくてもいいんじゃない……」

静かに言われて、乳房を隠していた手を摑まれて下ろすように促された。結愛は自然に観念するように両手を下した。その手でパンティだけになった下半身を庇おうとしている。

「おお、出てきた……。当たり前だけど、オッパイは全然下がってなくて、乳首がまっすぐ前向いてるね。こういうのって少女のときだけの可愛さだなあ」

乳房を凝視するように見られて、結愛はまた手が上がってくるが、その手を押さえられて乳首を指でつままれた。

「いやぁあン！」

少女でも鋭い感覚を持つ先っぽを指先でつままれると、刺激で上半身が大きく揺れた。だが、弘樹のすることにいちいち反発して抵抗することはしたくなかった。少しずつ観念するような気分になってきた。少し前屈みの姿勢になるだけで、乳首の性感を味わってしまう。

「蕾《つぼみ》もやわらかいね……ぐりぐり揉んでると、ツンと尖ってくるかなぁ」

「い、いやーっ、両方とも……だめぇっ！」

乳首は左右とも弘樹の指でつままれた。さすがに乳首にピクンと感じる刺激が強く、そんなに身体をひねったりして抵抗する気持ちのなかった結愛も、思わず上体をくねらせて弘樹の手を振り切った。

ただ、あからさまに抵抗すると、結愛自身もちょっといけないことをしたような気持ちに傾いていく。自ら部屋を訪ねてきたわけだし、そもそも故意に露出して相手を誘惑しているのだから。

しばらく弘樹との間に沈黙が流れた。だが、ふっと溜め息をついた弘樹に肩を押され、部屋の隅のベッドに導かれた。ベッドに寝かされたら、ひょっとしたら……と、結愛は一瞬恐くなったが、促されるままベッドの上にちょこんと座った。弘樹がすぐ横に座った。

「みんな本当は少女にいろいろ、いやらしいことしてみたいんだ。でも、それを隠してる」

結愛は黙って聞いていた。太腿に手を置かれた。

「大人の女と結愛ちゃんみたいな少女とどっちがいいか、それは少女に決まってるんだ。弄るときの興奮度が違い過ぎる」

「いやぁ、そういういやらしい言い方……」

少し開いていた内腿に弘樹の手が入ってきた。結愛はピタッと脚を閉じた。手は内腿で挟まれながら、すべすべした結愛の肌をしばらく撫でてから抜けていった。

「違法な風俗店で、中学生なんかがいたら、客が殺到するんだからね」

「やーん、そんな子がお金のためにぃ?」

結愛は言葉とは裏腹に、そういうことも当然起こっているだろうとわかる気がした。

「ネットの出会い系サイトとか使って、結愛ちゃんくらいの子も大人とねっちょり、ぐっちょり、いやらしいことしてるんだよ」

「だ、だめぇぇ……」

結愛は学校で出会い系サイトの危険について聞かされていた。恐いとは思ったが、ふといかがわしいことを味わってみたいような興味が湧いてきたことを覚えている。弘樹にそんな話をされながら身体を愛撫されると、恥辱を感じながらも快感に負けていく。

「少女はけっこう痴漢なんかもされてるよ」

弘樹はお尻に触ってきた。

「ほかの女の子に何かしたことあるの？」

「ある。痴漢した」

「いやぁ、痴漢はだめぇ」

弘樹は平然と言ってのけたので、結愛はショックだった。

「やっちゃいけないことやるとほんとに興奮する……」

「捕まるわ」

「相手をちゃんと見てやるから」

「おとなしい子を狙うんでしょう？　わたし訊いたことがあるわ」

「そう、大体ね。でも、されてもいい納得する感じになる子もいるからじっくり触って楽しむよ」

弘樹の言っていることは卑怯だと思った。痴漢なんてイケメンでなかったらキモイだけ。正直だからちょっと認めていたけれど、弘樹が嫌いになりかけた。結愛は痴漢された経験があったのだ。

「あぁ、前から女の子に、わたしみたいな年齢の子にイタズラしてたのね」

「今まで見た中で、というか触った中で結愛ちゃんが一番。むふふ、ただの子供じゃだめだ。女が感じられなきゃね。結愛ちゃんは女だ。お、ん、な！」

「やーん、スケベな言い方はやめてぇ」

弘樹はベッドにつけたお尻の下に手を差し込んできて、指を何とか曲げ伸ばししてイタズラしてきた。結愛は体重で弘樹の指を圧迫している状態で柔らかい尻たぶを弄られている。その嫌な感触と快感で身体を傾けてお尻を少し浮かせた。

「痴漢されたことあるの？」

手はやがてすっと抜かれたが、そう訊かれて結愛はちょっと黙ってしまった。

「あるんだね。教えて」

弘樹がたたみかけてきた。

「いやぁ、痴漢のことなんか……」

「思いきって言ってみて」

「あぁ、去年バスの中でされたわ。その前にも電車で……」

「へえ、お尻？　お股とか……」

「やぁン、お、お尻よ。バスの揺れに合わせて手を当ててきたわ」

「おお、上手いことやってるんだ、痴漢も」

「上手いなんて言うのいやっ。あぁ、いっぱい触られて、最後にキュッと上がったケツだなって、耳元で言われたの」

「ははは、その経験で興奮したんだ」

「こ、興奮なんかしないわ！」

結愛は膨れっ面になった。それを見て弘樹も真似するようにほっぺたを膨らませて見せた。結愛はいやっと言う口の格好をして顔をしかめた。弘樹が子供扱いして揶揄ってくるのが結愛は腹立たしかった。

「痴漢再現してみたい。痴漢プレイをしよう」

「えっ」

手を掴まれて結愛は嫌がるが、ベッドから立たされた。プイと横を向いてちょっと弘樹を見上げる。

さっと後ろに回られた。

「お尻はいやぁ、あ、脚くらいなら……」

痴漢を認めることを言ってしまって、すぐ後悔した。

痴漢されたときは本当に嫌だった。少しも興奮なんかしなかった。かなりお尻を撫でられたが、そのときは羞恥と嫌悪感でほとんど感じなかった。だから弘樹のことは好きだったが、痴漢プレイなんて嫌だった。

「何、この人工的に作ったようなお尻、まん丸いゴム毬じゃない」

「いやぁ、触らないでぇ」

スーッと腰をまっすぐ指でなぞり下ろされた。指先だけで撫でるので、ゾクゾクと快感に襲われる。

「ああン、触り方が痴漢だわ」

「だから、痴漢してるんだよ。結愛ちゃんは腰つきがエロいんだよなあ。大人だね。腰が、ほら、反ってる」

腰からお尻がはじまるところまでのカーブを、何度も手のひらで触って反りを確認している。

「だめぇぇ」

自分でもある程度意識していた腰つきのいやらしさを言われながらイタズラされて、結愛は身体をひねって後ろにいる弘樹の手を押しのけた。

「ここはやられなかった？」

「あぁっ」

前に手を回されて、割れ目に伸ばした指を一本ギュッと入れられた。思わず前屈みになる。すると、その手をさっと引っ込めて、今度は後ろから指を股間に差し込まれてしまった。

「触ったらだめぇ、痴漢と同じだからぁ」

単に触られてイタズラされるより、痴漢としてやられると、たとえ遊びでもかつて被害を受けたときと思いが重なって怖気《おぞけ》が震った。

「僕は、結愛ちゃんが嫌がることはしないよ」

「してるわ。今、痴漢して、イタズラしてるぅ」

「それは、結愛ちゃんと合意で」

「合意じゃないっ」

また自己中なことを言われて、結愛は否定する声をあげた。ただ、もう顔に自然に笑みが浮かんできている。

「最後の一枚だけど……ふふふ、どうするの？」

「あぁ、ど、どうするってぇ？」

ショーツのことだとわかる。結愛は内心もうパンティを脱がされて真っ裸にされることは徐々に受け入れはじめていた。ただ、黙って首をプルッと振って拒否はした。

「最後の砦なんだね。いいよ……」

全裸は嫌だと意思表示すると、認めてくれた。だが、弘樹はすぐ次の行動に移った。

結愛は肩を押されてベッドに倒された。さらに、足首を摑まれて脚を左右に広げられていく。

「あぁっ、ひ、開くのぉ！　やーん」

両足首を摑まれて開脚を促されると、もう抵抗する気も起らなくて、左右に開かれるまま股を開いていった。

「あ、あぁぁ……」

少し声が漏れて、愛らしい口は開いたままになった。

「こうやって脚を開いていくとぉ……ほーら、パンティの内側で、ぐふふ、割れ目も開いてきただろう？」

「いやーん」

大きな開脚によって、ショーツのクロッチの下で大陰唇が大きく開き、部分的に恥裂が深くなって見えた。割れ目は筋ではなくやや幅があり、そこに細かい襞の形までピンと張ったクロッチに表れていた。その肉溝は湿っていて、化繊の薄い生地にやや黒く透けて見えている。

「おっ、ボコッと凹んでるよ」

「いやっ」

結愛は大股開きの股間を間近から覗かれて、両手を下へ伸ばして隠そうとした。弘樹にその手を摑まれて邪魔され隠すことはできない。

「絶対触らないでぇ」

女の子の一番隠したいところを今狙われている。パンティの上からであってもそこを弄られたら、どうしたって感じてしまう。一度自ら丸見えにさせてしまったとはいえ、割れ目、感じるクリちゃん、ビラビラッとした襞を弄られるなんて、本当に恥ずかしくて泣いてしまいそう。

パンティ表面に性器の形が表れている。大陰唇が開いて、割れ目内部の凹凸、襞、小陰唇、クリトリスのツンと尖った形まで出ている。

「細っこい身体に、このもっこりした土手がやらしいなあ」

恥丘を撫でられて、その指がそっと割れ目に下りてきた。

「あっ」

指一本だけパンティに形が浮いて見える大陰唇の間に入れて、上下に往復させてきた。

「少女のここは常に食い込んでる」

指先で突き、湿ってきた肉溝の下のほうから、指で掻き上げられた。

「だめぇぇ！」

「ほら、これが小陰唇……」

弘樹が両手の人差し指で、左右二枚のその襞をこちょこちょと擽《くすぐ》るように撫でてくる。小陰唇はこのあいだ手鏡に映して見て、男の人が見たらきっと興奮するんだろうと思った。弄られていることをはっきり感じさせようとするように、わざとゆっくり指先でなぞり、少し押してまた何度も上下に撫でてくる。

脚は九十度くらいに開いていたが、手で内腿を押し分けられてさらに大きく開脚させられた。そうされると、もう閉じてはいけないような気がして、パカァと大きく開いたままになった。

「ほーら、割れ目が開いちゃってる……パンツの上からでもよーくわかる。興奮して濡れてきたら、してしての合図だから、脱がしちゃうぞぉ」

指が何度も感じる割れ目を往復してなぞってくる。恥丘のふもとからお尻の穴の近くまで撫でられていたが、次に狭い幅ですばやく細かく上下に摩擦されはじめた。

「ああーっ、そんなことぉ……いやーっ、あぁあああーん！」

パンティの上からだが、しつこく指先で撫でられてジンと感じてしまい、身体をよじったり、弘樹が脚を閉じさせないので力が入って腰を浮かせたり、肛門をキュッと締めてお尻の筋肉を硬直させたりした。

「やだぁ……」

恥部の敏感な感覚器がピクピク恥ずかしい反応を繰り返し、結愛は百五十センチに満たない華奢な身体をきつく強張らせた。

やがて弘樹はベッドから立って、机の引き出しを開けて、先が丸いプラスチックの棒状のものを出してきた。

「そ、それ、何っ？」

「むふふ、当てると気持ちいい。電池内蔵の小型の電マね……最近こういうのたくさんあるよ」

結愛はそれが何か想像はついた。似た形で長いコードが付いたもっと大きなマッサージ器が家にあった。

「ママに内緒でたっぷり楽しんじゃおう」

ブーンと振動音のするヘッドを股間に当てられた。

「アァアァアッ！」

いきなりすごい快感が襲ってきた。女の子の一番感じるところ――クリトリスを直撃されたのだ。結愛はたまらなくなって身体を起こし、弘樹の手を掴んだ。イヤイヤと言うように首を振りたくって拒むが、弘樹は肉芽を感じさせるのをやめてくれない。

結愛はもう涙目になっている。バイブレーターはまったく自分の意志に関係なく感じさせられてしまうので恐かった。

弘樹のぐふふという笑い声が聞こえて、腿のつけ根を少し掴まれ、親指が鼠径部に食い込んだ。

電マは幸か不幸かあまり使われなかった。弘樹は肉芽や膣のあたりに当てたり離したり、擦りつけてきたりを繰り返したが、まもなくベッドにポイと放って使わなくなった。

恥ずかしくてたまらない大股開きと無理やりの快感で弘樹に言われたとおり、ジュッと愛液が溢れ出した。

「おっ、愛液が……。ふふっ、結愛ちゃんの下の口がしてほしいって言ってるよ」

何を言っているのだろう。本当にいやらしく、おぞましいようなゾッとする表現だった。愛液が出ても、だから何だというのだろう。下の口って、せ、性器のこと？いやぁン、そんな言い方って女の子を馬鹿にしてイジメてる。

触られたら、そして振動する機械なんかで敏感なところを刺激されたら、感じてしまって愛液だって出ちゃう。してほしいなんて言ってないわ。

嘆くようにそう訴えたかった結愛だが、とてもそんな恥ずかしいことは言えなかった。ただ口を真一文字に結んで首を振ることしかできなかった。

弘樹の手がパンティのウェストゴムに掛けられた。

「もう、いいじゃない」

弘樹は静かに言って、納得させようとする。

パンティを脱がされそうになって、結愛は両手でウェストの部分を摑むが、もうこれまでの弘樹の愛撫玩弄《がんろう》によって羞恥と快感で舞い上がっていた。

パンティをスルッと脱がされていく。

「あぁ……」

どこか大人っぽいような溜め息に似た声が漏れてくる。だんだん意志が挫《くじ》けていって、とうとうパンティを脱がされてしまった。

「ほーら、真っ裸になっちゃった」

「ああっ、言わないでっ」

割れ目を見られて手で慌てて下腹部を隠し、弘樹の視線が胸に移動すると、「いやっ」と悲鳴に近い声を漏らして乳房も隠した。

全裸にさせられた結愛は、震えるような羞恥を感じるが、徐々に裸を見られることを観念する気持ちになっていた。手で上も下も隠してはいるが、結局その手も離されてすべて見られてしまう。それは覚悟していた。しかも結愛はここへ来る前に、恐いながらも卑猥なことをされてみたい気持ちがあった。

「これはね、大人が結愛ちゃんみたいな年齢の子にしちゃいけないことなんだ」

弘樹はそんな言い方をしてきた。

「あぁ、じゃあ、エッチなことしないでぇ」

結愛はそうは言うものの、本心ではなかった。

「書道の筆で割れ目を撫でまくってみたいなあ」

弘樹は結愛から聞いた書道のことで、そんなことを言ってくる。いやらしい雰囲気をつくろうとしていた。結愛もそれを感じて、本当に筆で感じるアソコを撫でられてしまうと恐れもし期待もした。

「生理が来たら、タンポンをブチュッと入れてやる」

「いやぁっ！」

言われたことを想像してしまい、思わず手で耳を塞いだ。まさか本気ではと狼狽える。結愛はベッドの上で全裸にさせられたが、弘樹が電マを使わずにじっくり手指だけで感じさせようという魂胆《こんたん》だと見て、より一層警戒した。

「ほらぁ、脚開いたら、大陰唇も開いたぁ。ピンクの貝が出てきたぞ」

「いやぁっ」

「割れ目も開いて、包皮の中に埋まってるけれど、感じる肉芽も出てきてる」

あからさまに言われて、結愛は聞くのが恥ずかしいというより苦痛になった。

「もっと開いてやる」

大陰唇の両側に手の指をぐっと強く当てて、押し分けた。

「うああっ」

結愛は恥裂を嫌というほど故意にイジメるように開かれて、泣きそうな声になる。甘い蜜汁を吐く果肉は小さいながらも濃桃色に色づいて、目と鼻の先でそれを視野に収める弘樹を鼻息荒くさせた。

「クリトリスから膣まですぐそばにある感じだよ。少女はやっぱりオマ×コが小さいなあ」

「広げて見ないでぇ。そんなにしなくても、いいもん」

「いやいや、大きく開いて、結愛ちゃんがどんなもの持ってるのか、目に焼き付けておきたいんだ」

「だめぇぇ」

左右の襞びらが充血して膨らんでいる。セピア色の皺穴も顔を覗かせてきた。

「性腺刺激ホルモンが分泌してだな……お乳や、むふふ、お尻、アソコの襞襞とか穴、肉芽とかがムクッと起きてきて、ジュルッと愛液で濡れて、卑猥になって、いやらしくなってる」

「いやぁン、エッチな言い方しないで。そういうふうに言うから、いやらしくなるだけだわ。普通に言えば何もいやらしくないもん」

結愛は弘樹が卑猥な表現で興奮していて、かつ結愛も興奮させようという魂胆がわかっているが、それでも直接的に卑猥なことを言ってくるので、少々むきになって抗《あらが》っている。

「うん？　穴がないぞぉ……いや、ピタッと閉じて線みたいになってる」

「あ、穴ぁ？　いやぁ、見ないでぇ……」

指で膣穴を開いて見ながら、気になる言い方をされた。

「おっ、襞だ。白いな……処女膜だな」

結愛はもちろん処女膜を自分の眼で見たことはないが、その存在は知っていたし、どんなものかある程度想像はついていた。

白い小さな膜がわたしにもあるんだわ。と羞恥と不安と何かのマゾっぽい思いで意識していた。その羞恥の泉を指で広げられて確認されたようだ。

「オマ×コのお口に、ぐふふ、白っぽい、形がクシャ、クシャッとした……処女膜だろうな、膜というか襞みたいなのが付いてる」

二枚の襞びらを指で押し広げてそのまま押さえられ、結愛も膣穴が剝き出しにされていることがわかる。膣口を指先で小さな円を描いてぐるぐると撫でられていく。

「あぁあああっ……あうン……あはぁあン……はあうぅぅーン！」

「結愛ちゃん大人のようなエロな声出すね。ああと言って、尾を引く感じで鼻にかかるエッチな声出して、やらしいなあ」

「やーん、あなたがするからぁ」

「子供なのに、小陰唇つままれて、オマ×コの穴撫でられると弱いの？」

「そ、そこを……あ−う、そんなふうにするの、いやぁ−ん」

「ははは、何だ、その身体のくねらせ方は」

結愛は芋虫のように右に左に身をくねらせていく。

「やぁあン、そ、そこぉ、ダメェェッ！」

「ぐふふ、処女膜もピラピラして、触り心地いいぞぉ」

ピクンと鋭く感じてしまう。指先でも膣口に対しては大きくて、容易にその周囲を含めて愛撫の摩擦が秘穴全体を覆ってしまう。

「やだぁぁ、そこはもう触らないでぇ！」

結愛は処女膜というものがどんなものかわからないが、悲しいことに直に触られ弄られて、そのおぞましい感触で存在を認識させられる形になった。

「ほら、クリトリスが膨らんでコロコロしてきた。硬くなってる」

「やぁン、もう、そこは……か、感じるから、しちゃいやぁ−ん！」

結愛もそのポイントが少女の泣き所だと知っている。オナニーは主にその肉芽で行っていた。そしてオナニーとは比べ物にならない興奮の中で、的確に一番の快感スポットを玩弄されていく。

爪でちょっと引っ掛けることくらいしかできない豆粒のような肉芽が指でつまめる

ほど充血突起していた。

膣口もお尻の穴もギュッと締まって、恐れていた愛液が垂れ漏れてきた。

やがて、膣口に弘樹の指先がすっと入ってきた。人差し指だった。その指先でも結愛にとっては太かった。

「アッ、アァアアアッ」

鋭く声をあげて顔を引き攣らせ、慄いて上体を起こした。だが、さらにズブズブと人差し指一本、愛液で滑って膣深くまで挿入されていった。

「あいぎっ！」

ヌルリと滑って入っていったが、膣内への指の挿入は刺激と疼痛が強かった。

「ほーら、もう動けない。ふっふっふ」

「あぁ、だめ、だめぇぇぇ……ゆ、指を……抜いてぇ！」

結愛は指一本体内に入れられて、痛みと恐さで涙が溢れてきた。その深い挿入感で、もう従うしかないような気持ちになる。指で杭を打たれたようなもので、言われたように身動きできなくなった。

「オマ×コの中が、ぐふふふ、熱くて、ねっとりしてて、ここにチ×ポを入れたら……」

「ええっ、だめぇ！　しないって言ったわ」

弘樹が恐いことを口にした。結愛は過敏に反応して、首を振りたくる。やはりまだ勃起したペニスの挿入は恐かった。その大きさはすでに目《ま》の当たりにしていた。自分の体内への入り口の狭さは知っている。穴の直径と肉棒のそれとはあまりに違い過ぎる。

「四つん這いになれぇ」

急に身体を抱かれて、ぐるっと裏返しにされた。

「ああっ」

恐怖を感じるが、俯《うつぶ》せになって腰を上げさせられると、四つん這いにならざるをえなかった。いろんな格好にさせて楽しもうとしているのだと思った。

「バックポーズ。後ろからズボッと嵌める体位だぞ」

「あうう……い、いやぁ……」

何を言われているのか想像はついた。セックスの四文字が脳裏に浮かんできた。今、後ろからお尻も股間も弘樹の視野に収められている。見えない背後からだけに羞恥心を強く刺激されてしまう。

「オマ×コの割れ目からお尻の割れ目まで一直線につながってる」

「い、いやぁっ」

後ろから来られたら、割れ目もお尻の穴も露出して丸見えである。不安な眼差しで後ろを振り返った。すると弘樹のニヤッと笑って股間を覗き込んでいる顔が見えた。

「さあ、もうちょっとお股を開いてごらん」

内腿を左右に押し分けるようにされた。ベッドにつけた膝を上げて脚を開くと、開脚につれて自分でも恥裂が口を開ける感覚になった。

「よーく見えてるぞ。むふふ、このオマ×コからお尻の穴まで、毛が生えていないスベスベの世界がたまらんなあ」

結愛は背後にいる弘樹にしばらく股間を見られていたが、再び身体をひっくり返されて仰向けに戻された。バックポーズよりいくらかましな気もしたが、かえって詰めのエロなイジメをされる不安が脳裏をよぎった。

弘樹は再び股間に顔を近づけてきて、肉芽を指の腹で押さえ、ぐりぐりと揉んできた。

「あっ、あうぁ……そ、そこばっかりするの……ああっ、い、いやぁぁっ！」

クリトリス快感に勝るものはないことは結愛はよく知っている。それだけに、イカされて笑われるような気がして、恐かった。さらに、膣穴のとば口を指先でぐるぐるなぞって陰険《いんけん》な愛撫を施されていく。

時間をかけて弄り抜くつもりなのか、ほとんど同じことを執拗《しつよう》に繰り返されていく。結愛もその単調なクリと膣口周囲の細かい摩擦が、悶々《もんもん》とする快感の積み重ねになることを知っていた。

「あぁあああぁーん！」

ほとんど音《ね》をあげるように悲しいような気が抜けていくような、鼻にかかる快感の喘ぎを披露した。

さらに、指とは一味違う、もっとうじうじした卑猥感のする細かい微妙な愛撫に見舞われた。

「あン、あはン、それ、だめっ、アアアッ……いやン、あン、あはぁあンッ！」

力を入れて尖らせた舌先で、チロチロとクリトリスを舐められていく。

膣口の愛撫はまだ続けられていて、同時に突起した肉芽を舐め転がされていくと、一気にキューンと快感が高まった。ベッドの上で身体がそっくり返るほどのけ反っていく。

「あひぃいぃいっ、イク、イクゥーッ！」

あっというまに昇りつめて、背中が弓なりになって固まり、ビクン、ビクンと二回大きく痙攣するように身体が揺れた。

「ぐふふ、結愛ちゃん、すごい声あげたね。大人の女みたくのけ反りまくって、昇天したじゃない」

結愛はぽっかり開いた幼穴を見られながら、イキまくったことをいやらしく指摘された。

「やぁん、あなたがエッチなことするからだわ」

「してほしいことしてあげたんだ。ほーら、いやらしい汁が出てる」

「あっ、それ、だめぇぇ」

指に付けた愛液を鼻先に持ってこられて、唇になすりつけようとした。結愛は顔をそむけたがほっぺたに塗られてしまった。結愛は絶頂に達して大股開きのまま身体がぐったりしている。そこを狙われて、弘樹が肉棒を手で持って迫ってきた。

「ちょっとくっつけるよ」

「えっ、だ、だめぇ──っ！」

「先っぽだけだから」

親指で片方の大陰唇をぐっと横に開いておいて、手で持った肉棒を接近させる。ブックリ膨らんだ亀頭が濡れて火照った幼膣に着地した。

結愛は膣口でプリプリ張った亀頭を感じた。

「い、いやぁぁぁーっ！」

犯される——。恐れていたことが起こった。クリトリス快感で幼いオルガズムに達した結愛はまだ身体の力が戻っていない。脚を閉じようとしたが、弘樹の腰が間に入って閉じられない。身体をよじって腰をひねった。

だが、亀頭がヌニュッと入ってくる。

「ひぎぃぃぃ、い、痛ぁぁ……」。

苦悶の声をあげて、弘樹の胸を手で強く押した。

「くっつけるだけだから……」

そう言って、弘樹はなおも肉棒を挿入しようとした。今度は顔を手で押すと、指が眼に入ったようで、幼膣に入りかけていた亀頭が離れた。

弘樹は言葉どおりかもしれないが、亀頭のみ入れただけで終わった。

「セ、セックスは、しないって言ったのに……」

結愛は騙されたと思った。先っぽだけでも、処女喪失してしまう。犯されたことになっちゃう。そう叫びたかった。

「ごめん、ごめん。やり過ぎたよ。もうしない。でも、先っぽが感じて鳥肌立ったよ」

まだそんなことを言ってくる。涙ぐんで鋭く顔をそむけた。鳥肌立ったのは結愛のほうだった。

エロ行為が一瞬頓挫した弘樹は、カチンカチンに勃起した肉棒を持て余しているようだった。結愛はそれがわかるだけに、もう挿入はしてこない感じはするものの、次の一手が予測できずに不安な思いだった。

ヒクッ、ヒクッと肉棍棒が上下動を見せている。前に経験させられたお口への挿入が脳裏によみがえってきた。

だが、弘樹はじっと結愛の開いたお股だけ見つめている。

「絶対入れない。大丈夫だから……」

そう言って再び、その男の武器を前進させてきた。

「あぁっ」

亀頭が結愛のオマ×コに押し付けられた。また嵌め込まれるのではないかと、結愛はハッと息を呑む。

それでも、弘樹は挿入はしなかった。手で持った肉棒をせわしなく結愛のオマ×コに擦りつけてきた。

「やぁあン……そ、そんなこと、だめぇっ……」

ブックリ張った亀頭が膣口からクリトリスまで、すばやく強く徹底して擦りつけられていく。包皮から顔を出した肉芽に亀頭海綿体が高速度で擦れて、今までに味わったことのない快感に見舞われた。

膣口が締まったり開いたりして、そのたびジュクッと愛液が溢れてきた。結愛の幼膣と肉芽は発情させられた。

「あ、あぁあああっ、か、感じるぅ！」

背中がまた柔軟に反ってくる。頭でベッドをぐっと押して上体を支え、足で踏ん張って丸々と肉づきのいい可愛い桃尻を浮き上がらせた。

上昇したオマ×コに亀頭が追ってきて、グジュッとしつこく襞びらとその間に息づく膣肉をえぐる。

「ひぐぐ、イクッ、あぁう、あぁあああうぅぅーっ！」

結愛はまたしても絶頂に達してしまった。

「おうぐぁっ！」

その直後だった。弘樹の淀《よど》んだ呻《うめ》き声が聞こえた。

ドビュビュッ――。

結愛の感じまくった膣粘膜に、激しく射精された。

ドビュッ、ドュビュッ、ドビュルッ！

「いやっ、いやぁぁ、だめぇぇぇーっ！」

かかってくるぅ！　と、叫びたい。涙目でその飛び出してくる濁液を目撃していく。精液が開き切った恥裂に繰り返し射精されるたび、結愛は身体を左右に大きくくねらせた。

液汁が熱い。生理が出てくる穴にもべちゃっとかかって、結愛は狂おしく悶える。

「あぁ、あぁぁぁぁ……」

大きく口を開けたままの嘆く顔をして、声が細くなって消えていく。

「おうあぁ、出た……出したぁ……」

弘樹にどろんと淀んだ眼で見られて、襞びらについている精汁を指でグジュッと拭《ぬぐ》われた。

「あーう、こ、こんなのって、いやぁぁ……拭いて、拭いてぇ！」

愛らしい泣き顔を見せて、声を振り絞る。中に出されなくても、剝き出しになっていた膣穴そのものへの射精は死ぬほどショックだった。

「あ、熱いのを……お×玉の中の液を、ペニスからドビュッとぉ……いやぁっ、絶対しちゃいけないのにぃ！」

結愛が激しく嗚咽《おえつ》して口走ると、弘樹がギュッ、ギュッと肉棒を手でしごいて、残り汁の精液を亀頭からジュルッと絞り出して見せた。

「あぁっ」

結愛はひと声あげたあと、まだ勃起してピク、ピクンと元気に動くペニスをしばらく恨めしそうに見つめていた。

「結愛ちゃんが×学生なのに、こんなに愛液いっぱいでトロトロになっちゃったのはね……」

自分の肉棒をティッシュで拭いたあと、弘樹が何やら勿体《もったい》つけて言いはじめた。結愛はまだ黒目がちの大きな瞳に涙をいっぱい溜めて、怒りとも悲しみとも言えない表情で弘樹を見つめている。

「変なことは言わないでぇ」

何を言いたいのか、どうせ辱めるいやらしいいじめの言葉だろう。そうやって反応を見ながら触ってきて、感じさせせて、終わりがない。

「イキまくったのはね、むふふ、僕が指でいろんなところ弄ってイタズラしたからだよ」

「あーう……イ、イタズラしたからなのぉ？」

「イタズラだよ、ハメハメする前の前戯とも言えるね」

予想できる話だったが、やはりセックスを暗示されて言われ、またそのことが気になりはじめた。

「だめぇ、犯罪だからぁ」

眉をひそめ、強い言葉を使って警戒心を表した。

「そんな、人聞きの悪い……男はチ×ポがピンピンに勃つし、少女はアハァン、アハァンて言って悶える。いいことばかりじゃない」

弘樹は揶揄い半分に言う調子で誤魔化してくる。

「女の子を恥ずかしい目に合わせて、面白がって、犯すんでしょう？」

「おお、犯すってか。確かに合意でも犯すってことにされちゃうけど……」

「大人は大人とセ、セックスしてぇ。わたしみたいな女の子は、ア、アソコが痛い！」

結愛はほとんど涙声になって訴える。セックスが恐怖なのは本音でもあったが、痛みも快感も同じ想像の中の現象で、恐怖と期待感が混ざり合っていた。

そして、いつ自分のお股に息づくピンクのお肉の穴がこじ開けられるのか、戦々恐々として待っている。亀頭は膣口に入ったが、太くて硬い肉棒本体はまだ結愛の幼膣を貫通していない。

でも、もうじきおチ×ポを入れられてしまう。犯される——。

「ははは、結愛ちゃんは犯されるっていうけれど、強姦ってものすごいことだよ。少女なんて大人がガオーッて襲ってきて、あんよを摑んで股をこれでもかってガバッと開いていけば、ぐふふ、大泣きしながら勃ったチ×ポをぶち込まれるしかないんだ」

「うわぁ、いやぁっ」

「上からのしかかられたら、体重で身動きできない。げへへと笑いながら、結愛ちゃんの首、耳、唇、可愛いお鼻もベロベロ舐められて、ジュッと吸われて……」

「だめぇぇ！」

「強姦魔は結愛ちゃんみたいな少女のオマ×コも、お尻の穴も、わざと痛くさせて、悲鳴あげさせて楽しむよ」

「あぁあう、あぁーン、あぁぁぁぁ……」

結愛は弘樹の言うことが心底恐くなって、とうとう泣き出してしまった。

どこかペニスの挿入と、出し入れに期待感があったが、その恐いながらも甘い愛と快感のセックスへの夢想が、恐くて汚い言葉のハンマーで叩き壊されてしまった。

「ははは、うそうそ。そんなことないさ。感じさせて、可愛いお穴をトロトロ、濡れ濡れにさせて、それからズボッと……ねっ」

泣き出した結愛は頭を撫でられて宥められた。

「もう恐いこと言わないでぇ。痛いのは許してぇ……」

涙声で哀訴《あいそ》すると、弘樹の手がまたすっと伸びてきて、結愛のスレンダーな脚を撫でた。スリスリと太腿を撫でさするだけで、もう股間に手を入れたりはしなかった。

「結愛ちゃんはこれから身体が成長してお乳が膨らんで、ブラジャーもするようになるから、むふふ、イタズラされる部分がオッパイにも広がるよ」

弘樹は濡れ濡れになったお股をじっくりと見て楽しんだあと、乳房のほうに関心が移ったらしい。

愛撫の順序が逆だが、乳房を指でつまみ、やわやわと揉んでいく。結愛の乳首はもう快感で勃って尖っていたが、その敏感化した乳頭を唾をつけた指先で少し圧《お》され、その状態で小さな円を描いて撫でて揉まれた。

「あはぁっ……ち、乳首ばっかり弄るのはやめてぇ。そこは、あぁ、感じちゃうの」

哀願の言葉を吐露すると、そのツンと尖った乳首にキスされた。ちゅうっと強く吸ってくる。

「ひゃあン！」

たまらない刺激が走って、上半身が萎縮するように震えた。快感に正直に反応するようになった結愛の乳首はねちっこく舐められはじめた。

「だ、だめぇぇ……」

乳首を舐めて吸われ、もう一方の乳首も指でつままれてクリクリと捩子《ねじ》を回すようにして揉まれていく。

結愛は乳首の快感が思いのほか強くなってきて、顎を苦しそうに上げた。思わず胸の前にある弘樹の頭を摑んでしまう。

「今日のことは誰にも言わないほうがいいよ。そして芋虫のように身体をくねらせた。恥ずかしいし、親に叱られるよ」

弘樹は落ち着いたのか、結愛の乳首から口を離すと、卑怯にも脅しをかけてきた。

「イタズラされた少女のレッテルが貼られて……」

「いやっ、そんなこと言うのずるい！」

結愛はそこまで言ってくるとは思っていなかった。

ただ、どこか本気ではないような、いやらしい言葉で結愛をいじめるのと同時に、興奮させてきた弘樹の手管の一つにも思えた。

確かにおチ×ポで犯されかけて、亀頭という先っぽの塊《かたまり》を嫌というほど膣から陰核にかけて擦りつけられた。その快感でイカされ、最後は精液をいっぱいかけられた。

そんな恥ずかしい卑猥な終わり方をして、結愛は涙を流している。

「そのうちズボッとやれたらいいね。結愛ちゃん……」

艶の美しい黒髪を撫でながら言われた。結愛は無言で首を振った。

「あ、穴がまだ小さいから、無理かな？　でも、学校を卒業して毛が生えてくるころには……」

「いやぁ、し、しないでぇ」

「生えてきたら、露出症のお仕置きの意味で毛を剃ってやる」

「えっ……」

異様なことを言われてベッドから身体を起こし、弘樹を見上げた。顔は笑っている。毛が生えるということが、性器の近くに生える恥毛のことだと想像はできた。

「生えてくるたび、剃ってツルツルにして、いつまでも少女のままにしておこうかな」

「そ、そんなことさせないもん」

「ここに生えるよ」

すべすべした無毛の恥丘を撫でられた。

「いやぁン」

身体がブルッと震えた。

「おチ×ポを嵌め込んだ状態で剃ってやる」

「だめぇっ」

面白がって言っただけのような気もするが、ふだん意識したことのない発毛のことを言われ、剃毛までほのめかされて、また涙がこぼれそうになった。

まだ充血して熱を持った恥裂に、そっと指を入れられた。

（わたし……そのうち、お、犯されちゃう！）

もう、その日も近いのではないか。結愛は激痛を恐れるが、同時に期待感で幼い秘唇が開いてくる。弘樹の指がヌルッ、ヌルッと肉溝の中を往復して滑り、小さな膣穴でピタリと止まった。

第五章　涙の野外口虐プレイ

悶々として一日経っても、結愛はまだ辱めが快感になって脳内モルヒネが出過ぎているのか、身体が甘いシロップの中に浸っているような精神状態が続いていた。

今日は体育の授業があったので、仕方なくビキニではなく女児ショーツを穿いて行った。

学校では悩ましい一日を過ごした。オリモノっぽい粘液の中に、昨日の余韻で出ていた愛液も少し混ざってネチャッと糸を引き、ショーツに染みていた。

結愛はそんな湿ったショーツの股布と人知れず格闘して、学校から帰ってきた。

最初に窓際でパンティを見られた日から、短期間のうちに自分でもどうしてなのかわからないくらいどんどん深みに嵌っていった。とにかくそんな思いがしている。故意に裸を見せたことは弘樹に悟られていた。それでまずいなとちょっと思いはしたが、結局見られる快感にどっぷり浸かっていった。

だから、弘樹に対しての言動とは違って、本音では身体に触られてもいいと思っていたし、裸にされることもある程度覚悟していた。早い段階からマゾヒスティックに萌えていて、そんな思いでやや派手なセクシーなものを身に着けて、弘樹の部屋を訪ねた。

とはいえ、結愛はセックスについては恐れていた。まだほんの少女である。勃起したおチ×ポは太い！　女の子の穴に入れられたら、絶対に痛い。泣いてしまう。それが露出マゾヒズムとも言うべき心理状態にある結愛の心と身体の限界だった。

昨日、プリッと張った亀頭が幼膣に嵌ってきて、戦慄させられた。ただ、強く抵抗したら、すぐやめてくれた。結愛は男の性欲の恐さを感じはしたが、弘樹が暴力的に無理やり犯すようなことはしない人だとわかった。

(優しいような冷たいような感じで、よくわからないわ。カッコいいけれど、すごくスケベ。でも、わたし、やっぱり彼のこと好きかもしれない……)

結愛は割れ目や「生理の穴」、感じる肉の突起をあれほど感じさせられ、イキまくることになるとは思っていなかった。

(あ、あの液が男の人の前でいっぱい出て……わたし、恥ずかしい！)

愛液が夥《おびただ》しい量溢れてしまったことで、顔から火が出そうなほど羞恥したが、同時に快感に呑み込まれていった。

結愛は日一日と自ら少女の純真さを蝕《むしば》んでいくようなことをしてしまう。

（あぁ、こんなことしている子、世界中でわたしだけ……）

もうこれ以上何もしちゃいけない。写真も動画も撮られてしまったけれど、それで脅されているわけじゃない。

あの人、そんなことしない。信じているというより、ばれたら自分自身も罪を問われるから。

だから、今すぐ馬鹿なことはやめればいい。何もしなくていい。それで済むはず。

あぁ、でも……。わかっていてもやめられない。頭でわかっていても、身体がそっちのほうに行ってしまう。

お股のど真ん中の、あの恥ずかしい襞びらの中の、ヌルヌルしている奥から淫らな虫が出てきちゃう。

エッチなこと期待してアパートの部屋に行って、そのとおり卑猥なことといっぱいされた。少しずつ騙し騙し触られ、着てるものを脱がされ、真っ裸のすっぽんぽんにされて、生理の穴から淫らな虫を引っ張り出された。

淫ら虫はひねりつぶされて、グジュッと愛液の汁を絞り出された——。

（あぁ、せ、精液を……女の子の大事なところに、ドビュッと出されたわ）

キッチンで冷たいお茶をぐっと飲んでも、頭の中のもやもやは晴れない。

階段を気だるくよたよたと上がって、自分の部屋に入った。

窓を開けた。レースのカーテンは開けない。弘樹の部屋も窓が開いていた。

カーテンは付いていないから、網戸だけ見えている。ひょっとしたらあの人も帰ってきてるのかもしれない。

何をするでもなく、塾に行く時間が来るまでと思って、机の前に座っていた。

しばらくして、携帯に電話がかかってきた。弘樹だった。

「結愛ちゃん、むふふ、あれからどうだった？　アソコ、大丈夫？」

結愛が思ったとおり、弘樹は卑猥なことに触れてきた。

「いやぁ……な、何がですかぁ？」

エッチなことを訊かれても、もう慌てないし、嫌な気もしない。

「指をブチュッと入れたからね。それから亀頭も……ぐふふ、あれはお互い想定外。結愛ちゃんの下のお口が涎を垂らして誘うから、ついチ×ポがビンッと勃っちゃって」

「やーん、スケベ。そんなこと言うの、イジメだもん」

結愛は耳からの刺激で、早くも弘樹が言う「下の口」が開いてきそうなむず痒《かゆ》さを感じた。

弘樹は電話でも辱めようとしている。それが楽しいのだろう。ズバリ卑猥なことを言う手管はもう結愛もわかっている。じっと聞かされるのが嫌で如実《にょじつ》に反応してしまうが、相手の思うつぼかもしれない。どんどんエスカレートしてくる。

「結愛ちゃん、××公園知ってるよね」

「はい」

「公園の奥に草ぼうぼうの空き地があるだろ。公園の中からは植え込みの陰になって見えないところに物置き小屋がある。週末の土曜日、その小屋の裏まで来てごらん」

結愛は今度弘樹の部屋に行ったら犯されると思っていた。だが、電話で指示されたのは意外な場所だった。

「そんなところで、何をするのぉ？」

そこは周囲から見えない寂しい場所だから気になった。どうせ卑猥なことをするのが目的に違いない。

「そこでパンツを下ろして、四つん這いになって待ってるんだ」

弘樹は異常なことを求めてきた。

結愛は一瞬何を言われているのかわからなかった。視線が宙を泳いでいる。想像力を働かせてその恥ずかしい要求のことを思い浮かべてみると、携帯を持つ手が震えた。

「い、いやっ……そんなこと、できるはずない！」

身体も震えながら即座に断った。

弘樹の声がしばらく途絶えた。沈黙のあと、時間も指定したあとで、

「結愛ちゃんはきっと来るよ。僕は信じてる」

そう返してきた。何を勝手に決めつけているのだろう。どうかしてる。結愛は絶句させられた。

（あの人、どんどんエスカレートしてる……。このままだと本当に犯されちゃう！）

結愛は想像するだけで顔を赤らめてしまう。野外でお尻を出して、じっと待っているなんて絶対恥ずかしい。後ろから来て何かいやらしいことをされるはずだ。それを戦々恐々としながら待つ。そんな異常な遊びを求められている。

今日は木曜日だからまだ二日あるが、その間悩まなきゃいけないように仕向けられている。そんな気もしてくる。外でなんて恐い。恥ずかし過ぎる――。

金曜になると、もう結愛の心は不安定になって、学校でも授業中黒板を見ながらぼ

ーっとそのことを考えるような調子だった。結愛ちゃんはきっと来る……。その言葉が耳に残っていた。

恥ずかしい写真を撮られている。でもそれは関係ない。脅されたりはしていなかった。結愛は弘樹との関係を続けたい気持ちが強かった。

土曜になって指定された時間が近づくと、気もそぞろになってきた。実際にそれをやることを思うと不気味な興奮に駆られてきた。

結愛は超ミニとニーハイソックスを穿いて、指定された時間に恐るおそる公園に行ってみた。

公園の外周は背の高い樹木で覆われて中は入り口からしか見えない。階段を十段くらい上がって入るので、中はさらに見えにくかった。公園なのに、学校ではなるべく行かないように言われている寂しいところだった。

結愛はあらかじめ虫よけスプレーを脚やお尻にかけておいたが、実際に弘樹に言われたとおりやるかどうかは、その場に行ってから決めるつもりだった。

何をされるのか不安だが、恥ずかしい期待感も芽生えている。弘樹がどこからか見ているのではないかと思ったが、姿は見えなかった。まだ来ていなくてその小屋まで行かせて、恥ずかしい格好をさせて待たせておくつもりなのだろう。嫌なものを感じながらも、その小屋のある空き地へ行ってみた。

当然別の人に見られる恐れも感じて、周囲を見渡したが、東屋《あずまや》に一人いる以外はかなり離れた花壇の前に二人いるだけで、結愛を見ている者はいなかった。人目がないのを確認して、その公園に隣接した空き地にある小屋まで行ってみた。

小屋の裏はカンナなど背の高い花や雑草が生え放題で、周囲からまったく見えない場所だった。だからと言って、自分の家や弘樹の部屋とはまるで違う野外である。

結愛は自分を曝《さら》け出す羞恥を含んだ解放感に浸りながら、穿いていた水色のジュニアショーツを太腿まで下した。そして弘樹に求められたとおり、枯れ葉が散らばっている地面で四つん這いになった。

形のいい肉厚な幼尻を突き出して、弘樹を待っている。これからいったい何をされるのか想像すると、不安と期待がない交《ま》ぜになった狂おしい羞恥の中に入っていく。

待つうち手が疲れてきて、地面の枯れ葉の上に肘をついた。

上体が下がっていて、お尻が後方に高く突き出されている。結愛はお尻よりも、股間が外気に晒されて露出している恥辱のほうが強かった。

前にバックポーズと言われたことを思い出す。男の人が要求するポーズは後ろ向きになる恥ずかしい格好が多いような気がした。お尻を見ながら、割れ目、女の子の穴も見えてくる。同時に恥部を何カ所も見て、触って楽しむ欲張りなスケベさの表れだと思った。

（せ、生理の穴に指を入れられちゃう。ひょっとしたらおチ×ポを……）

結愛はそれを恐れていた。だが、ある程度いやらしい行為は覚悟していた。

しばらくして、背後でミシッと枯れ葉を踏む音が聞こえた。

（来た……）

極度に緊張する。眼は前方の藪をじっと見つめている。

お尻の穴に何かニュウッと異物が挿入された。硬いものではない。ヌルヌルした棒状のものだった。

「ひゃあぁーん！」

「はい、アナル棒だよ」

声のした後ろを振り返ると、弘樹が中腰になってにんまり笑っていた。

狼狽して自然な肛門筋反射の収縮でググッと締まり、絞り込んで強張った。

「やぁぁぁーん、何入れたのぉ？」

初めての肛門への挿入感だった。たまらず腰をくねらせてしまう。

「ニューッと入ったぞ。大人には細いけれど、子供にはちょうどいいかな」

言われて、結愛はしかめっ面になって眉を歪めたままになった。狙われていたのは膣ではなく肛門だった。見えない背後から急に挿入されて、感触だけ味わわされた。何か塗られていて気持ちよささえ感じている。

少し出っ張った腰骨のあたりを掴まれて、さらに深くアナル棒をお尻の穴に挿入された。

「ンアッ!」

十センチくらいの細長いアナル棒が根元まで体内に入ってしまい、結愛はそのおぞましい快感で四つん這いが崩れて、前につんのめるような格好になった。

崩れた四つん這いを元に戻されて、挿入されたアナル棒をズプズプと出し入れされはじめた。

「はぁうぅぅ……」

結愛は感じたくない種類の快感に見舞われてくる。

「背中を丸めない!」

弘樹が腰のところを手刀でトントンと叩いて腰を反らさせようとする。結愛はセクシーに見えるようにしておこうと、弘樹が考えていることがわかって、そのとおりに腰をグッと反らせてお尻を上げていった。

「そうだ、それでいい。おケツを上げてオマ×コまで丸見えにしてればいい」

「やぁあン」

お尻をグンと上げて突き出していると、アナル棒をズブズブ入れられている状態がよけい恥ずかしく目立つため、羞恥と屈辱感で涙が溢れてきた。こんな状態でも可愛く綺麗にポーズを取らされてしまう。

透明感のある赤いアナル棒は、指で完全に奥まで押し込まれてしまった。

「あンあぁぁぁーっ、そんなに入れちゃやだぁっ！」

「もう一本あるよ。むふふふ」

言われて後ろを振り返ると、弘樹がさらに大きなアナル棒を手にしていた。その太さと形に慄いた。前に見せられた弘樹の勃起したペニスくらいの大きさで、直径三センチくらいの青い玉が数珠のようにつながったシリコンの太棒だった。

「ああっ、もう、これ以上入れないでぇ！」

結愛のお尻の中にはすでにアナル棒が呑み込まれている。さらに大きな玉が数個つながった太棒をズブズブと挿入されはじめた。

肛門周囲が陥没して、深いところまでゆっくりとだが確実に入っていく。

「そんなのイヤァ！　それ、ダメェ！　あぁあああうぅぅーっ……」

粘膜にヌチャッと吸い付くシリコン質の感覚が悩ましい。ズポズポと玉が連続して入って、そのたび結愛のお尻の穴は三センチくらいの玉の直径に広げられた。そうやって玉を呑み込んでいく。最初に入れられた細い棒がそのアナル棒でさらに奥へと押し込まれてしまった。

「はぁあうぅぅーっ、い、いやぁぁ……あう、あはぁあうぅぅぅーっ！」

大きな玉のアナル棒を深く十五センチは挿入されて、結愛はおぞましい快感を味わい、悶え、喘ぎ声を長く響かせている。

二本のシリコン棒の挿入感が悩ましく、お尻の穴からかなり深いところまでの犯された感覚となった。

その数珠状の太棒は、弘樹によって激しく出し入れされはじめた。

「いや、いやぁ……しないでぇ！　だめですぅ……だめ、だめぇぇぇーっ！」

不気味な快感と刺激によって、また自然に背中を丸めてお尻が下がってしまう。

「ほら、またアルマジロみたいに丸める。背中を反らせ。腰をぐっと反らして」

言われてもそのまま身体が固まって、異常な居ても立ってもいられない種類の快感がお尻の穴に張り付いて、涙が溢れた。

「そんなもの入れるのダメェーッ！　ぬ、抜いてぇ……ウンあぁっ、イ、イクゥゥ……」

口を大きく開けて、ガクンと身体が揺れた。

「結愛ちゃんのお尻の穴、ピンク色になってきた。締まってくる、締まってくる」

出し入れするにつれてアナル棒を持つ手にそんな感覚を感じたのか、ニヤリと笑いながら力を入れてそのいやらしいシリコン棒を出し入れしてくる。大きな青い玉がズポッ、ヌポッと休むことなく出たり入ったりを繰り返した。

「あぁあああっ、だ、だめぇぇーっ！　お尻は……いやぁぁぁーっ！」

結愛は切羽詰まった苦しい快感の声を、身悶えながら披露していく。

「ああっ……イッちゃう！」

幅の狭い範囲ですばやく激しく抽送されていく。小さな肛門がギュギュッと強くアナル棒を締めつけた。

「イッちゃう、あああーっ、イクゥ……」

赤い唇を割って小さな舌が出てきた。

「お、お尻がぁ……だめぇっ……イ、イグゥッ……イクーッ、イクイクーッ！」

野外で我を忘れてわなないた。お尻の穴がジンッ……と、快感で痺れて、恥ずかしい声を奏でてしまった。

肛門がきつく締まる中で、アナル棒をヌポッと勢いよく抜かれた。

「あはぁウン！」

バックポーズで後方へ上げた尻が、ビクンと、大きく跳ねた。結愛は感じさせるためにことさら勢いをつけて引っこ抜いたのだと思った。

ポカァと、肛門が開口していた。結愛は感覚でわかっている。

「お尻の穴の色が……ふふふ、赤いよ。濃くなってる」

大人の玩具で嬲《なぶ》られたばかりの穴なのに、両手の指でグッと広げられた。

「ひいっ！　し、しないでっ……」

「皺がね、細いのがいっぱい。綺麗だ……」

その皺を指の爪でコリコリと掻かれた。ピクンと感じてお尻が可愛く揺れ動く。

お尻の穴全体が快感で痺れ、その狂おしい痒みに似た快感が続いている。結愛が経験した強い快感はクリトリスの絶頂感だが、それとは別のジワリと深く沁み込む痺れてしまう辛い快感だった。

(あぁ、女の子としてダメにされてしまう……)

少女の身体を物として扱う、辱められる感覚が強い快感だった。奥に押し込まれたアナル棒の異物感が取れずに残って、さらに大きな玉の太棒による衝撃が止むことなく続いたため、犯すようにしごかれるいやらしい性イジメの快感が、嫌でも積み重なった。

しかも開放的な野外の空気の中でわなないて、肛門の絶頂感が脳天まで突き抜けた。青いシリコン玉の摩擦感が強く、性感帯がジンジン痺れて、小さな女体が引き攣ってしまった。

「おおー、お尻の穴が凹んだり、盛り上がったりしてる……どんな顔してるの？　見せて」

顎を手でちょっと持たれて、顔だけ後ろを向かされた。

「そんな顔してるの？　とろんとした眼をしてるんだ。アナル責め、どうだったかな？」

終わって、結愛は感想を聞かれた。

「い、いやぁぁ……つらいの……お尻の、あ、穴なんてぇ……したらだめぇぇ……」

涙声は止まらない。まだ敏感な肛門に起こったショックと快感は残っていて、その影響で溢れてきた愛液で性器もねっとりしている。

「でも、最後はイッたじゃないか」

「やーん、つらいのがずっと続いたもん！　あぁ、で、でもぉ、感じちゃう……いやぁン、お尻の穴なんかで、そんなふうに無理やり感じさせて……あぁ、だ、だからぁ……しないでぇ！」

悲愴な気持ちになっていく。ずっとニヤニヤ笑って見下ろされているので、笑わないでっ……と、声にはならないが、涙目で弘樹を見上げて訴えようとした。

「さーて……次は、ジュニアタンポンを入れちゃおう」

「ええっ」

その名称は聞いたことがある。身体を反転させて陰部を庇おうとしたが、すぐさま腰を抱え込まれて、押さえつけられた。

弘樹にウエストを抱えられて、脇に抱え込まれた格好になっている。結愛のお尻は弘樹の顔の下に位置していた。

結愛は割れ目を覗き込まれて、膣にアプリケーター付きのタンポンを挿入された。

「だめぇぇぇーっ、あっ、あぁあああン！」

弘樹がプラスチックの筒を指で押してカチッと音をさせた。すると先端の綿が子宮に入った。

「あっ、今の……何っ？」

筒が抜き取られ、プラスチック部分が取り除かれた。

生まれて初めて男の手でジュニアタンポンを膣に挿入された。

「うぁぁあぁあーん！」

結愛はショックで枯れ葉の上に腹這いになった。

「×学生の少女に、一度これをやってみたかったんだ」

「タ、タンポン……なんて、入れるの、あぁ、だ、だ、だめぇぇぇ！」

幼膣に生理用品のタンポンを無理やり挿入された結愛は、哀切な恥辱の呻きを奏でてしまう。弘樹は初々しい少女の膣にジュニアタンポンを入れていく興奮を満喫したようだった。

「深いところまで、一気にブチュッと入っちゃったよ。そこ無感覚ゾーンだから痛くないよね？」

「ひどいぃ……大事なところに、い、入れるの、いやぁぁ……」

「薬局で買うとき変な目で見られたけれど、買ってよかったよ。ほら、オマ×コからひもがちょろりと出てる」

「あぁうっ……」

結愛はお尻の穴にアナル棒が、膣内にタンポンがそれぞれ挿入されたままになって、心の底に恥辱感がじわりと沁み込んできた。目くるめく羞恥と快感で、膣と肛門をクイクイ締めてしまう。

「結愛ちゃん、自分でするとき、膣口から斜め後ろに入れるといい。むふふ、まっすぐじゃなくてね。膣道がそうなってるから、下から垂直に入れようとして痛くてやめちゃう子もいるんだってさ」

「やーん、そんなこと今、教えてもらわなくてもいい！」

わざと辱めようとして言っていることがわかる。タンポンの入れ方を教えようとする弘樹に怒りを感じた。

「痛かった？　そうでもないだろ。説明書見て覚えたとおりにやったよ。斜め後ろへ膣の角度に沿ってね。ははは、このギザギザのところまでブスッと」

弘樹がアプリケーターを見せて言う。

「やだぁ、説明なんてしなくていいもん！」

結愛は膣に力が入ってしまい、挿入されるとき疼痛を感じた。

「あのね、白い筒を結愛ちゃんのアソコの穴にニューッと入れて。むふふ、半透明の棒を押してカチッと音がするまで入れる。先端の綿が子宮に入っていったろう？　抜いて、ひもが出て、これでＯＫ」

「だから、説明なんていらないっ」

やはり故意にいやらしくするためにそんな説明をわざわざやって、いやらしくイジメようとしている。

「アプリケーター付きのだから痛くなかっただろ」

「い、痛かったわ」

「でも、処女膜は大丈夫だろ」

「やーん」

処女膜なんて、これまでほとんど考えたことがない。この前弘樹のベッドの上で弄られて意識するようになったばかりだった。

「アナル棒はうちに帰ったら取り出して、自分でオナニーに使ってね」

「いやっ、ア、アナル棒……ぬ、抜いてぇ……」

涙目で上目遣いに睨んで訴える。タンポンは挿入されたとき辛かったが、今はさほど感じない。

アナル棒のほうがお尻の奥で悪さしているような異物感が続いている。お尻の穴深く挿入されて収まっているので、自分では取り出せないのではないかと不安になる。手で肛門をちょっと触ってみたりするが、今、弘樹の前でどうすることもできないと思った。

ショーツをしっかり穿いて、起き上がろうとした。

「えっ？」

弘樹がズボンのジッパーを下げている。おチ×ポを出して何をするっていうの？ まさか、こんなところで、この前やろうとしたように女の子のあ、穴に、入れる気じゃ……。

「やーん、しないでぇ。タ、タンポンも入ってるもん」

両手でミニスカートの上から前を押さえた。

「ふふふ、ズボッとやりたいところだけど、オマ×コにはしないよ。もう一度、四つん這いになって」

肩を手で押されて促された。

結愛はしゃがんでまた四つん這いのポーズになった。

「えーっ」

顔の前に勃起した肉棒がヌイッと出てきた。弘樹は膝で立って、手で肉棒を支えている。

「はい、お口を開けてぇ……」

こまっしゃくれたような小さな顎をつままれて、口を開けさせられた。

それはあっという間だった。ブックリ膨らんだ亀頭が口の中に入ってきた。

「あむうっ……」

舌の上に今、亀頭が乗っている。

「おらっ、×学生の少女のフェラチオだぁ」

「ふンあぁぁ……」

気が抜けていくような鼻にかかる悲鳴を奏でている。結愛は肉棒の根元とズボンの開いたジッパーのあたりを見て、眼が寄ってしまう。

「く、口は……い、いや、いやぁぁ……」

勃起して大きくなったおチ×ポというものは、女の子のアソコの穴に入れられるものとばかり思っていた。学校の女子の猥談で口でするという話を聞いたことはあるが、ほとんど頭の中にはなかった。

両手で頭を摑まれた。

結愛は恐くなるが、気が挫けて抵抗できない。勃起を口内で味わってしまう。

肉棒を容積の小さい子供の口の中でいっぱいに頰張り、亀頭と肉棒本体の大きさ、硬さ、張り具合を感じ取っていく。

ビンビンに勃った肉棒が動きはじめた。

「舌で舐めてぇ……チューッと吸ってぇ……」

肉棒をゆっくり出し入れされていく。結愛は眼をつぶって耐えているが、しっかり摑まれた頭を前後に動かされて、ズポズポと抽送された。

結愛は両手で頭を抱えられて前後に動かされるので、その動きに合わせてしまう。自ら上体を反動をつけて前後に動かした。

ぐじゅ、ぶじゅるっと、口の中で淫靡《いんび》な音を立てつつ、硬く漲《みなぎ》る肉棒をしごいていった。

「舐めろ。吸え」

弘樹は感じて興奮してきたようで、命令口調になった。

弘樹に恐さを感じるが、舌を使っていなかった結愛は、肉棒の尿道の膨らみから亀頭のちょっと複雑な感触のある裏側まで、小さな舌でペロッ、ペチョロッと舐めた。そして求められたように、口に力を入れてジュッと肉棒を吸ってみた。

「おうあぁ……」

弘樹は肉棒の出し入れをせわしなく繰り返してきた。肉棒をしゃぶらされて涎が出てくる。

「それ、それぇ」

肉棒の抽送の速度が上がった。口と肉棒の間から、びじゅっと飛沫さえ上がった。

「あぐっ、いやぁぁ、うむぁあうっ……」

唇が快感で痺れる。尿道が膨らむのがわかった。

ビクン、ビクン――。

口で肉棒の脈動を感じた。

ドビュッ、ドビュルッ……ドュビュビュッ!

熱くて強い匂いのする濁液がこれでもかと結愛の口の中に発射された。

「うわぁうっ……だ、め……あうむぐっ……」

濁液を繰り返し熱く発射されていく。弘樹が呻きながら、出し切ろうとする。

結愛は射精するペニスが口内にある以上どうすることもできない。愛らしい少女のお口が、結愛が恐れていたセックスされるオマ×コと同じ役目を果たしていった。

「おううっ、出た……全部だ、全部出したぁ……」

弘樹は声を淀ませて言い、結愛の口からズルッと肉棒を抜いた。

結愛は口に出された精液をすぐ地面に吐いた。

「飲むんだ!」

命じられて、口の中に残っていた精液を少し飲まされた。

弘樹が肉棒をブリーフの中に収め、ジッパーを上げた。

結愛はふと溜め息をついて、ハンカチで口を拭いた。今日のとんでもないエロな行為は終わったようだ。

でも、こんな大胆で異常な恥ずかしいことをさせる弘樹だから、これからも同様のどスケベな性のイジメを楽しもうとするはず。

結愛はしばらく無言で地面に座って、上目遣いに弘樹を見上げていた。

「結愛ちゃん……」

弘樹がブルゾンの大きなポケットから、何に使うのかペンライトを出した。

「明日の晩、こないだと同じように窓開けて椅子に座って大股開きだ。むふふ、よーく見えるようにそれでオマ×コを照らしておいて、オナニーしちゃえ。イクーッて可愛い声出してね」

結愛はペンライトを渡されて、恥ずかしい卑猥な行為を要求された。

「あぁ、そんな恥ずかしいこと、できるわけないわ！」

結愛はプルプルと首を振って抗いの声をあげた。アソコをペンライトで照らしてオナニーするなんて、恥ずかし過ぎる。そんなことを自分からやって見せたりしたら、もう女の子として終わってしまう。

今、お口でセックスと同じことをして精液を口内発射されてしまった結愛だが、自らオマ×コ照らしの丸見えオナニーを覗かせることを想像すると、また淫らな羞恥に満ちた自分の姿が見えてくる。

「やぁン、撮らないでぇ」

弘樹にスマホで顔をじっと撮られている。動画のようだ。裸ではないし、パンチラさえないが、お口のセックスをさせられた直後で、しどけなくなった表情を撮ろうとしている。

（あぁ、どこまでも女の子を辱めて、感じさせて、最後はやっぱり、犯すのね……）

結愛は弘樹の希望に応えてしまいそうな自分を感じていた。

第六章　完堕ち幼肉オナニー少女

翌日、夕飯も終わって、結愛は二階の自分の部屋で学校の宿題をしていた。

昨日挿入されたアナル棒とジュニアタンポンは家に帰ってすぐに膣と肛門から取り出した。タンポンはごみ箱に捨てて、アナル棒は洗って机の引き出しに入れてある。

あんなことが起こったなんて今でも信じられない。外でお尻を出して大人の玩具を肛門に入れられた。いやらしく嬲られたが、初めての体験でかつそのおぞましい快感が深かっただけに、結愛は傷つきながらも悦びも大きかった。

さらに、ジュニアタンポンを膣に入れられてしまった。生まれて初めてのタンポン挿入が野外で無理やりなんて本当にひどい。

（あぁっ、お口で……いや、いやぁ、男の人の、ふ、太いものを……だめぇぇ！）

今さら嘆いてみても仕方がなかった。おチ×ポに対する妄想がなかったわけではない。勃起ということだって知っていた。それが起こるのはセックスをするためだとということも。でも、口でするなんて知らなかった。

（やーん、く、口の中に大きくなったおチ×ポ入れる意味なんてない！）

宿題の算数の問題を解いているが、シャープペンシルをカタッと音を立てて机に置いた。

口への挿入なんて、結愛の感覚では女の子を辱めてイジメる目的だけのような気がした。大人の男と女がお口のセックスをしているという話は、学校の女子の猥談で一度だけ聞いたような記憶もあったが、口でパクッと咥えるって本当？　と聞かれただけで、応えようがなかった。そんな記憶があるだけだった。

勃起したおチ×ポは前に握らされたことがあるが、そのとき興奮はしなかった。あとでじわっと猥褻な感じがしてきて、握った手を見ながら思い出して悩んでいたくらいだ。

口に勃起したおチ×ポをずっぽり入れられて、舐めしゃぶらされ、そしてついにドビュッと射精されてしまった。お口の中がねっとり、まったりして、匂いで頭がくらくらした。そのショックとお口をおチ×ポで犯された恥辱感はいまだに尾を引いている。

机に向かって勉強していても、つい考え込んでしまう。宿題のプリントをまだやりかけで二つに折った。

（わ、わたし、×学×年生っ……お、お尻の穴ぁ……ち、膣ぅ……うあぁ、お口ぃ……大人の男の人が、絶対しちゃいけないのにぃ！）

公園でのイタズラ被害のショックから、結愛はふだん穿かない女児ショーツをおへそまで被せて穿いていた。

その女児ショーツの股布に、ポカァと開いた下の口のビラビラ襞と粘膜がねちゃっとくっついて、汁が出てくるかもしれないくらいの望まない快感が発生していた。

「いやぁっ！」

結愛は記憶の中のその行為に対して、拒否の声をあげた。

（あぁ、だけど、あの人を嫌いにはならないわ……）

これまでのことは、もともと自分から挑発したようなもので、いやらしいことをされるとわかっていながら、自ら寂しい場所に出かけていった。

そしてとんでもなく恥ずかしい行為であっても、快感は確かにあった。

ちょっとわからなくなった算数は参考書を見ながらあとでやろうと思い、後回しにして国語のプリントのほうを出した。と、携帯に電話がかかってきた。

結愛は胸騒ぎがした。きっと弘樹からだろうと思って開いてみると、果たして彼の番号が表示されていた。

どうせいやらしいことをいっぱい言われるだけ。それはわかっているが、部屋の電気もつけているから、居留守を使うようなこともできないので電話に出た。

「結愛ちゃん、ふふふ、期待してるよ。見てるからね……」

弘樹は開口一番、公園で卑猥な行為を楽しんだあと、結愛に暗示的に言ったことをまた口にした。

「あぁ、な、何を期待するのぉ？　わたしは何もしないわ……」

結愛はちょっと声が震えた。

窓のほうを見るとガラス越しに弘樹の部屋が明るいのがわかった。結愛は会話を続けることなく電話を切った。

窓の前に立ってゆっくり開けてみた。すると、弘樹の部屋の電気が消えた。中は暗かったが、かろうじてこっちを見ている姿が見えた。何か意志を伝えようとしている。

結愛も部屋の電気を消した。窓を開け、カーテンと網戸も開けた。

結愛はもやもやとその期待という言葉を脳裏で反芻《はんすう》した。

求められているのは、椅子に座って覗かれながら、ペンライトでオマ×コを照らしてオナニーをすること。

それを想像すると、露出の興奮が心の底から湧き起こってきた。

（あぁ、お外の公園であんな恥ずかしいことされたのに、ペンライトで照らしながらオナニーなんてしたら、もう、マ、マゾの女の子として決定してしまう……）

網戸まで開けたから、遮るものは何もない。夜の外気がすっと窓から入ってくる。涼しい風をとともに、魔物のような何かが心の中に侵入してくるのを感じた。

机のほうに戻って、椅子に座った。期待していると言われた。言いなりになって、どんな恥ずかしいことでもやってしまう。あの人、そう思い込んでいる。

だけど、恥ずかしい写真と動画いっぱい撮ってるのに、弱みを突いて脅すようなこと全然しない。わたしに自分からさせようとしてる。あぁ、男女交際みたいにしようとしてる……。き、嫌いっ……。

結愛は顔を上げて、部屋の壁をしばし見つめた。両手を重ねて胸に当て、これまでの異常で激しい悪夢のような出来事を脳裏に思い浮かべた。

視線を下げて、宿題のプリントの上に手を置いた。

（今から裸になって、あの人に見せるわ……）

結愛は弘樹からは見えない位置で、着ていたTシャツとショートパンツを脱いだ。女児ショーツ一枚の裸になって、窓の近くに立った。部屋の電気は消していても、そこは外からの明かりで見えてしまう。両手は下ろして、胸を隠したりはしない。大人とは異なるシャープな輪郭を持つ円すい形の乳房が二つ前に突き出している。隠さないのは慣れてきたからではなく、手で隠すとよけい羞恥を催《もよお》す行為になるからで、もう身に着けるものはショーツだけと観念していた。

今、間違いなく、弘樹にパンティを残すのみとなった姿を見られている。

弘樹から見えるような部屋の位置に椅子を置いた。すると、また電話がかかってきた。電話に出ると、

「結愛ちゃんはいい子だね。本当にいい子だ」

いかにも嬉しそうな声が耳に響いてきた。

「お風呂に入るから、脱いだだけなのよ」

とっさにそう言って誤魔化した。電話からは「ふふっ」と失笑が聞こえただけだった。

結愛は椅子の前に立って、まっすぐ向かいの弘樹の部屋を見ながら、女児ショーツのウェストゴムに両手の親指を掛けた。少しずつショーツを下していく。

部屋の中は暗くても、わずかに見えているはずだ。結愛は自らの行為で地に足がつかない気持ちになった。脱いだショーツをポイと床に捨てると、椅子の上に置いていた携帯電話を手に取った。

「何とか見えてるよ。オッパイも割れ目も……」

「やぁン、言わなくてもいいわ」

「ペンライトでいろんなところを照らしてね」

「だ、だから、言わなくてもいいのっ」

結愛は弘樹とのやり取りで羞恥心が昂ってくる。

結局、要求されたことを実行しようとしていた。

今からやろうとしていることをすかさず言われると、自発的な恥ずかしい行為なのに、要求されてやらされるちょっと辛いムードになって嫌だった。

それなら無理をして電話で会話しながらやらなくてもいいのだが、前にも電話でいやらしい会話をして、声による刺激で悩ましくなる経験をしていた。

結愛は脚に震えを感じながら、椅子に座った。

座るとすぐ、両脚とも椅子の座面に上げた。

ペンライトを手にしている。スイッチをカチンと音を立てて押した。

「いやっ、すごく明るい」

小さいライトなのに、暗がりの中では意外に明るく見えた。床まではっきり見える。

結愛は浅く腰掛けて、両脚を左右の肘掛けに上げることで大きく開脚した。少し痛いが膝裏を硬い肘掛けに挟むようにして乗せている。

携帯を耳に当てて、自らペンライトで股間を照らした。

「おおー」

弘樹の感動の声が耳に入ってきた。暗闇の中で生の恥裂が明るく照らされている。

その眺めは本当に卑猥で、男の人は興奮するのだろう。

(女の子の一番恥ずかしいところ、見られてる……)

自分で直接見ることができない膣をイケメンではあってもスケベな男に見せていく。目くるめく羞恥の思いを新たにしている。

椅子には浅く腰掛けて、脚をガバッと上げて開いているので、お尻の穴も剝き出しになっていた。

昨日アナル棒を挿入されて出し入れされた皺穴だから、そこをかなり意識していた。

弘樹は恥裂と変わらないくらいその恥ずかしい穴に興味を持っているように思える。

その憎いほどいやらしい嗜好に合わせて、ペンライトの光で可愛いすみれ色の皺穴を照らした。

「ぐふふ、オマ×コが闇の中に浮かんでるよ。強調されてよーく見えてる。お尻の穴もね」

「あぁうっ……」

弘樹の言葉で羞恥と屈辱感が昂って、膣がギュッと締まり、早くも愛液が出てきた。マゾ性の興奮で狂おしくなっていく。

「ペンライト、効果抜群だよ。小陰唇も見えてる」

「うあぁ」

「それ、引っ張って」

何をどうしろと言っているのか、結愛はちゃんと理解できた。

携帯を置き、片手でペンライトを持って光を当て、もう一方の手で言われたとおり襞びらをつまんで引っ張った。

今、膣穴が晒されている。それはもちろん結愛もわかっている。

しばらく小陰唇を引っ張って伸ばし、ペンライトの光をもろにその覗けてきた膣口に当てた。

(み、見られてる……)

小陰唇が伸びる感覚に快感とちょっとした痛みがあって、マゾっぽい興奮を感じてしまう。

また携帯を耳に当てた。

「見えてるぞ、結愛ちゃんのオマ×コの穴が！」

「ああっ」

また抵抗のある隠語を使ってズバリ言われ、ビクッと下半身の痙攣になって反応した。息を呑んで身体が固まっている。弘樹に対して何か言いたかったが、あまりの恥ずかしさでまだ直接やり取りはできない。

「ピンクの穴がズームでよく見えてる。デジカメでばっちりだよ」

「えっ、デジカメなのぉ。いやぁ、ズームって大きく拡大されてるのぉ！」

今度はスマホではなくデジカメでズームされて撮られていたことがわかって、さらにいっそう興奮が高まった。

暗い部屋にいる姿が見えない相手と自分のオマ×コが一直線につながっているような、観念的に深い、性器が晒されているという感覚に囚われていく。

「さあ、結愛ちゃん……。むふふふ、オマ×コを指で弄るんだ。膣とクリトリスだよ」

オナニーを要求された。それはもちろん予想していた。

（あぁ、もう、どうなってもいいわ……）

これまで男の部屋や野外でたっぷり玩弄されたあと、恥ずかしい姿をスマホで撮られ弱みになっている。だが、特に脅されているわけではなかった。

露出オナニーの恥ずかしい行為はあくまで自発的だった。

「ペンライトを置いて部屋の電気をつけるんだ。明るくして、両手で思いっきりオナニーだ！」

「お、思いきりって……いやぁぁ！」

耳にビンビン響く声でオナニーを命じられ、悩乱《のうらん》してしまう。

「アナル棒もだ！　持ってるだろ、お尻の穴に入れちゃえ」

「あぁう、次々言わないでぇ」

言葉の攻撃で、心にも秘部にもズキュンとくるような刺激を受けた。

結愛は虚《うつ》ろな眼差しになって、椅子からふらふらと立ち上がり、電気をつけて部屋を明るくした。

その明るさはふだん慣れているはずなのに恐くなるほどだった。

（あぁ、全部見えてしまう）

全裸だから乳房も露になっている。秘部を晒しても、乳房や乳首を見せる羞恥は軽くなどならない。

机の引き出しから、アナル棒を出してきた。

お尻の穴はすでに膣から愛液が垂れてきて濡れていた。

透明感のある赤いアナル棒の先端を肛門にピトッとくっつけた。

押すと、簡単にヌニュッと入った。

「あンン……」

さらにゆっくり押して入れていく。反射で括約筋がキュッと締まって止まるが、愛液の滑りも手伝って深く入っていった。

肛門はひとりでにアナル棒を締めてしまう。その感触を味わいつつ出し入れしていくと、結愛は情けないような快感に見舞われた。

弘樹に一部始終を見られている。そう思うと、彼が何を言ってくるのか声を聞きたくなって、また携帯を耳に当てた。

「よーく見えてるぞぉ……可愛いお尻の穴に、むふふ、ヌポヌポと……」

弘樹は楽しそうに言ってくる。アナル棒がヌルヌルしながら肛門から出入りするところを見られて、その括約筋が締まり、膣も締まってくる。

休みなくズプズプと出し入れしていくが、だんだんその速度を上げて、やや短い幅で忙《せわ》しなくピストンすると、ジンと快感がお肉に沁み込んできた。

「オマ×コもやって。クリを擦ってごらん」

求められてもう拒む気持ちなどなく、携帯を置いて中指の腹でクリトリスをすばやく擦りはじめた。

同時にアナル棒をズッポ、ズッポと先端から根元まで出し入れしていく。

肉芽を擦るうち、膣口まで指先が到達した。快感そのものは肉芽のほうが強いが、膣を弄るのは気持ち的にはまだ抵抗があった。

「綿棒とか細いもの入れると、かえって痛いじゃない。指くらいのツルツルした棒に唾をつけてニューッと入れるの。すぐ入るから」

学校での女子の猥談で膣口を意識させられていた。

抵抗があるのは自分の妄想も含めて意識の深いところでペニスの挿入の予感があるためで、異常な露出オナニーをしていても、まだ膣口に指を入れてオナニーすることはできなかった。

しかも、結愛はすでに弘樹の亀頭を一瞬だが膣に入れられていて、そのおぞましい感触と痛みを味わっていた。膣穴の周囲と穴のとば口のみ弄ってみるくらいが関の山である。

結愛は携帯を顎と肩で何とか挟んで弘樹の声を聞きながら、アナル棒が入った皺穴のやや上でヌルヌルしている膣口に指を到達させた。

ぐるぐると小さな円を描いて敏感な粘膜を愛撫していく。

「うーん、やってるねぇ。オマ×コの穴がいいよ。二つの穴にぶちゅっと入れてごらん」

「はぁうっ……あっ、ああンっ！」

眼をつぶって見られていることを悶々として意識しつつ、膣とお尻の穴を自ら玩弄していく。

ジュンと膣奥で何かが分泌した。かなり奥だったから、子宮かもしれない。それを弘樹に携帯で伝えようと思ったが、やはり恥ずかしくてできなかった。

自分一人でするオナニーなんか比べ物にならないくらい興奮する。絶対してはいけないこと、とんでもなく恥ずかしいことを弘樹が言ったように思いきりやる。

後先考えずに身も心も投げ出して、スケベなイケメンに見せてしまう。

今自分がやっていることが何なのか、頭ではわかっていてもやめられない。羞恥と快感を激しく味わってみたい。そんな願望に突き動かされていく。

わたし、子供なのに、×学生なのに……。恥辱感、罪悪感で、お尻の穴と膣口が快感に犯されていく。

「あ、あぁぁ、あっ、ああン！」

二穴の快感が積み重なってきた。

「うん？　どうした……」

「か、感じちゃうっ」

「イクのか？」

「イッ……あ、穴のところぉ……イッ……イクッ」

膣穴には指は入れていない。ただ穴の入り口を撫でているだけだ。アナル棒はすばやく出し入れしつづけている。

「イ、イク、イクゥ……いやぁン、見られてるのぉ？」

「うはは、よーく見えてるぞぉ」

「あぁ、イクゥ……み、見ないでっ。デジカメで……ああっ……と、撮らないでぇ！」

「ばっちり撮ってるぞ。オマ×コ丸見えで、イケ！」

幼膣の口がヌラヌラ状態で、指をヌルッと今にも穴内部に入れてしまいそうになる。

すみれ色の皺穴も熱く濡れて赤味が濃くなっている。

「あはぁあうぅーっ……イク……イグゥッ！」

顎と肩で挟んだ携帯を落とさないように必死になって弘樹に声を聞かせながら、涎まで垂らしてついに絶頂が訪れた。

「イ、イクッ……やぁァン……イクッ、イクイク、イクゥゥゥーッ！」

膣口と尻穴に積み重なった快感がスパークした。お尻の穴に力が入って、アナル棒をクイクイ締めていき、同時に膣口がギュギュッと締まるのを指で感じた。

可愛い幼膣はトロトロに熱く溶けた愛液の洪水状態で、指にもアナル棒にもねっとりと淫汁がついて絡みつき、甘く匂っていた。

結愛はまだほんの少女なのに、自ら恥辱の姿を晒して絶頂に達していった。

「結愛ちゃーん、今、すごい声あげたね。むふふ、イッたね、しかも激しく。×学生なのにねぇ……むふ、ふふふふ」

「あ、あぅ……いやぁ……あぁう……」

結愛は絶頂直後の脱力と微睡《まどろ》みの中にいた。薄目を開けて朦朧《もうろう》としている。

弘樹の言葉を受け止め、幼膣へそっと人差し指を入れてみた。

「あふぅ……」

ビラッとした襞のある肉壁が熱く蕩けていた。

「マゾ牝×学生の結愛ちゃんは、もう後戻りできないんだよ。次に会うときは、僕のものをアソコにぶっすりと根元まで。ぐふふ、結愛ちゃんの子宮までだよ……わかるよね？」

結愛は背筋に悪寒が走るほどの卑猥な言葉を浴びせられた。

（あぁ……し、子宮にぃ？）

指が入りかけている敏感な小穴に、あの太くて硬い男の人のペニスが入ってくる。期待と不安と怖さを感じて、黒目がちの愛くるしい瞳に溜まった涙が今にもこぼれ落ちてきそうな結愛だった。

第七章　悦楽の幼蕾絶頂

しばらく日が経ったが、向かいの部屋から覗かれながらの露出オナニーの羞恥と興奮はまだまったく冷めていない。電話でいやらしく言われながら、指で膣を、アナル棒で肛門を摩擦してイキまくった。

デジカメで撮っていると言われたから、オナニーする姿をあとでじっくり見られていたと思うと、顔がカッと熱くなって赤面してしまう。

オマ×コを指で弄る様子がズームされて撮られているはずなのだ。

羞恥と屈辱感と後悔する気持ち、そして自分の身体を好色な大人の男にポンと投げ出して与えてしまうような興奮が混ざり合っている。

結愛は今度は自分から電話をかけた。

「日曜日、ママは用事があって昼間家にいないわ。夜までわたしだけなの……」

思わせぶりにそう伝えた。言いながら胸がドキドキしている。

「へー」

弘樹の声が返ってきた。結愛の意図がわかって笑いを含んだような声だったので、少し後ろ暗い気持ちにもなった。

「じゃあ、行くよ。むふふ、長ーい時間いろんなことできるね。一日かけてたっぷりとね……」

「は、はい……」

結愛は声が震えた。自分で誘惑していながら、顔を赤らめている。恐いのと期待してしまう気持ちが入り混じって、胸がキュンとなってくる。

少しエッチな会話が続いたあと、電話を切った。

しばらくして結愛は、玄関はセキュリティで人が来ると自動的に録画されるようになっていることを思い出して、もう一度学生に電話をかけて家の勝手口から来るように言った。

「勝負パンツ穿いててね」

弘樹に言われたが、意味はわかっていた。

(あぁ、おチ×ポを根元まで……い、入れられちゃう!)

前に先っぽだけだが、太くて硬いものを入れられた。大人の大きなおチ×ポを入れられたら、痛くて泣くかもしれない。

オマ×コにはまだ肉棒の先っぽしか入っていない。お口には深く入れられて射精までされた。でも、次は……。結愛の胸の中では恐怖と悶えるような期待感が渦巻いている。処女喪失というどこかで聞いたことのある言葉が脳裏に浮かんでいた。

日曜日になって、結愛は母親が外出すると、好みのショートパンツに着替えて、すぐ弘樹に電話で知らせた。ショートパンツは一見地味なベージュだが、ストレッチ素材でスパッツのように見える。バックの右に濃い色のポケットが付いているのが唯一スパッツやレギンスと違うところだ。ギリギリ子供だからいいと言えるくらいのセクシーなパンツで、大人の女なら海外のストリートガールのようだ。

当然自分でこっそり買ったもので、母親にはそれを持っていること自体ばれていない。

（あぁ、ショーツの形が……くっきり！）

ビキニを穿いていたが、そのパンティラインがばっちり浮いてきている。もちろん結愛のイケナイ露出趣味のせいである。

結愛はそのセクシーパンツを穿いているだけで、そして今弘樹を呼んだだけで、心と身体にマゾヒスティックな刺激が走った。

もっこり膨らんだ恥丘とその下の秘密の花園の形もある程度わかる。膣奥がジュンとなって愛液の分泌を感じた。

弘樹はまもなく勝手口から入ってきた。

結愛は弘樹が肩からショルダーバッグを掛けているのが気になった。エッチな玩具が入ってるはず。警戒するし、刹那期待もする。

今、自宅に入ってはいけない人が入ってきている。スケベな学生と二人きりになると、異常なムードと興奮の中に入っていった。

「ショートパンツに割れ目ができてるね」

開口一番そう言われた。前をじっと見てくる。

ショーツにできる食い込みと大差ないくらいのスジができている。フィット感自体がショーツより強いからそうなるのも頷ける。

弘樹に前を指差されたため、何かされそうな気配がした。

伸ばしてきた手で、あっというまに魅惑のスジをなぞり上げられた。

「いやぁン！」

結愛はビクッと一歩後退して大きく身体が揺れた。見せるためそんなパンツを穿いたわけだが、それにしてもいきなり大事なところにイタズラされたら狼狽えてしまう。

そんなことをした弘樹だが、平気な顔をして広い居間の中をぐるっと見渡したりしている。家や部屋については特に何も言わずに、「結愛ちゃんの部屋に行こう」と、すぐ気分を変えるように言った。

「デジカメのズームで撮ったんでしょう？　それ見せて……も、もう消さなくてもいいから」

気になっていたことを訊くと、弘樹はちょっと結愛の気持ちを探るような顔をして、

「デジカメは持ってきてない。ふふっ、消さなくていいんだね？」

訊かれて、こくりと頷いた。結愛はとうに恥ずかしい画像のことはあきらめていた。

それが弘樹にもわかったようだった。

お尻を撫でられながら階段を上がって二階の部屋に入ると、弘樹はまた部屋の中をぐるりと見渡した。居間でもそうだったが、結愛は何か無神経に調べられているようで、あまりいい気分はしなかった。

「女の子の部屋はやっぱり綺麗だね。タンスとか棚がピンクで、濃い色が多いかな」

部屋の中の物をいろいろ触られたりしないか、ちょっと警戒していると、さっと結愛の前に来てショートパンツのホックを外した。

「あっ」

結愛がそのホックのところを手で摑んだが、ジッパーも下ろされて、ショートパンツはぐいぐい下ろされて脱がされてしまった。

「子供にぴっちり張り付くビキニパンティはいいね」

穿いていた勝負パンツのビキニショーツを触ってきた。ネイビーという深い青色で、ウェストゴムの下から恥骨のあたりまで白いレースになった大人っぽいショーツだった。

ぷくっと膨らんだ大陰唇がはじまる部分を指先でプッシュされた。

「やぁン！」

結愛は腰を引いて、まだ股間に指を入れてこようとする弘樹の手を押しのけようとして争った。

「アンバランスさというか、少女のエロな雰囲気がいいね。こんなセクシーなのいつも穿いてるの？」

すそゴムを股間まで指先でなぞって撫で下ろされた。

「ママが子供用の女児ショーツばかり買ってくるの。そういうの好きじゃないわ」

また腰をピクッと引いて、弘樹の手を上からちょっと押さえた。

「そりゃあ、結愛ちゃんの性格じゃ、子供パンツは嫌だろうね。ちょっとタンスの中見せて」

「あっ、やだぁ！」

弘樹が部屋の隅のタンスのところに行こうとした。結愛は弘樹の前に立って行かせまいとする。

「いいから」

弘樹は勝手に引き出しを開けて下着を調べはじめた。下着は一番上の引き出しなのですぐ見つかった。

「おっ、このパンツがいい。女児ショーツじゃない？」

意外なことに弘樹は女児ショーツが気に入ったようだ。

「サニタリーショーツはどこだ？」

引き出しの中をまだ探そうとしている。

「いやっ、エッチィ」

「あれの日が来たら、穿いて見せてね」

「そ、そんな日は、何もできないわ」

弘樹が手に取ったのは古くからある厚手の大きな女児ショーツではなく、他のジュニアショーツと同様の薄手の小さいセミビキニ系で、すそゴムにびっしり付いた細かいフリルが可愛かった。

「いいね、いいね、これは。純白の清純美少女ショーツ」

眼を輝かせ、手で引っ張って伸ばしたりして眺めている。

「これに穿き替えて」

「えーっ、でもぉ」

「早く。可愛くなるから」

弘樹はくるっと後ろを向いて、結愛に着替えさせようとした。

結愛は弘樹の後ろで「見ないでね」と言ってパンティを穿き替えた。弘樹は着替えを見たりはしなかった。

女児ショーツを穿いてもすぐには言えないでいると、弘樹が結愛のほうを向いた。

「おお、いいよ。可愛いよ。セクシーだよ」

言い方がおかしかったが、結愛は笑えなかった。

弘樹は眼を丸くして見ていたが、肩にかけて持ってきたショルダーバッグからカメラを取り出した。手のひらサイズのビデオカメラだった。小さな三脚まで持っていた。

「いやぁ、そんなもので撮る気ぃ？」

結愛はTシャツのすそを引っ張ってショーツを隠した。

「ちょっと高かったけど、今日のために買ってきたんだ」

弘樹はビデオカメラを構えて、録画ボタンを押すと、一歩離れて下から舐めるように撮っていった。どうもズームしたようで、結愛は隠しきれない前をしばらく撮られてもじもじしていた。

「結愛ちゃんが前に言っていた習字の筆を出して」

結愛は急に筆を出すように言われて、何をするつもりだろうと訝《いぶか》しがったが、机の引き出しから大筆と小筆を出した。墨が染み込んではいたが、長い間使っていないためとっくに乾いていた。

「じっとしててね」

「えっ？」

結愛は大きなほうの筆で耳を撫でられた。耳の外周をすーっと全体的になぞられた。

「ああっ、しないでぇ」

結愛はゾクッと思わぬ快感で、背中まで悪寒が走った。耳なんて性的な意味で考えたこともなかった。

結愛がまた一歩下がって離れると、弘樹はまたバッグを開けて中から縄を出した。

「えっ、何、その縄？」

結愛が恐がって尻込みすると、弘樹は束にした縄を解《ほど》いてばさっと床まで垂らし、結愛の手を摑んだ。

結愛は両手を後ろ手にさせられて、手首を縄で縛られた。

「ああっ、な、何をするのぉ？」

手首を縛った縄を、そのまま胸にぐるっと巻かれて縛られた。

「やーん、恐いぃ」

結愛は嫌がるものの、抵抗は強くはなかった。

恐いが、その縛られる感覚に今まで感じたことも予想したこともない、表現できない種類の羞恥と快感を感じた。

結愛は後ろ手にしっかり縛られてしまった。後ろ手縛りの拘束感は強く、その状態で手や脚をギュッと摑まれた。

「いやーっ！」

そんな縛られた状態だから、思わず悲鳴をあげた。摑んだのは特に意味はないようで恐がらせようとしたようだ。

「ほーら、もう絶対抵抗できない。これで結愛ちゃんにやりたいこと何でもできるってな感じだよ」

「えーっ、い、いやぁ。恐いぃ」

「ふっふっふ、いい雰囲気になってきた」

また筆で耳をそろりそろりと撫でられた。片手で持ったビデオで撮られながら、うなじも撫でられた。ゾクゾクッと快感がきて鳥肌立ってくる。

「やだぁ、スケベ。そんなところ、大人の女の人にすることだわ」

声をあげたが、無視されてTシャツの首元を指で引っ掛けて少し下げられた。

Tシャツのまま縛ったためやりにくいようだが、縄は二筋掛かっているものの乳房の下だったので、弘樹は難なく上から胸へ筆を入れてきた。

「あぁ、やめてぇ」

乳首に筆先が近づくと、結愛は顔をしかめて身体を何とか揺すった。だが、縛られているのでちょっと肩を摑まれるくらいで動けなくなった。

上から覗きこまれて筆で乳首を撫でられ、くすぐられていく。

「ヤン、ああン、ダメだってばぁ！」

思いのほか感じさせられてしまい、のけ反り、抗いの声をあげた。

「しまった、ちょっとやりにくいな」

弘樹はそう言うと、いったん縄を解いた。結愛はTシャツを脱がされて、上半身裸にさせられた。改めて同じように胸にも縄をかけて縛られて、乳頭のまわりを正確に円を描いて撫でられた。

顔も含めてビデオに撮られている。それが結愛の羞恥心を昂らせた。

「いやっ、やだぁ……か、感じるから、や、め、てっ……」

顎を引いて眉を歪め、視線をつらく下げて筆の先を見る。弘樹は乳首をそろりそろりと撫でつづけている。

「縛っておいて、ち、乳首を……いやーっ！」

快感が増してキュンと乳房の中まで沁みていく。

「おっ、結愛ちゃん、乳首が勃ってきた」

結愛はぐっと奥歯を噛みしめた。突起した乳首を見てしまったが、すぐ視線をそらした。

「いやぁっ！　ビデオもやめてぇ」

強い快感が乳首を襲い、ビデオ撮影もするやり方の卑猥さも影響して、快感が積み重なって耐えられなくなった。

「少女でもやっぱり乳首はかなり感じるんだね。こっちの乳首もだ」

乳輪から指でつままれて、乳首が絞り出された。

筆を垂直にして乳首の突端を細かく執拗に撫でられた。鋭い快感が乳腺にまで浸透してくる。

「ああっ……だ、だめぇぇぇ！」

胸を反らしていく。筆による愛撫なんて生まれて初めてだった。執拗にくすぐられて、乳首の快感に音をあげた。

結愛は大筆と小筆二本使って、乳首だけでなく全身を縦横無尽に愛撫されていった。

結愛は縄を解かれるころには白肌がピンクに色に火照って、純白の女児ショーツにはねっとりと愛液がついていた。乳首はツンと尖って敏感化していたため、指でちょっと触れられるだけで身体にピクンと反応が起こった。

円すい形の美しい小ぶりな乳房も心なしか膨らんで、前へ突き出してきたように見え、少女の淫らさを感じさせている。

そんな可愛くもエロチックな女児ショーツ一枚の姿を、間近からじっくりとビデオで撮られていく。羞恥と快感で悦楽の脳内モルヒネが充溢《じゅういつ》していた。

やがて縄を解かれ、ショーツを脱がされた。

「ほーら、愛液が……」

「やーん！　それ、だめぇえっ」

ショーツのクロッチを手で広げて、ねっとりとついていた透明な粘液を見せられた。

結愛は慌てて弘樹の手からショーツをひったくった。

その恥じらいの姿がここぞとばかりカメラの映像に収められていく。

「むふふ、結愛ちゃん……ランドセルを背負ってみようね」

不気味なことを言われた。結愛は男が望む少女の羞恥シーンを想像して、両手で自分の丸裸の身体を隠そうとする。

右手で胸を抱くようにして乳房を隠し、左手の手のひらで下を隠した。

全裸になった結愛はむずかりながらも、机のフックに掛けてあった赤いランドセルを背負わされた。　当然のことながら、弘樹にその可憐な姿を撮られていく。

「いいよ。結愛ちゃん、可愛くていやらしいよ」

「いやーん、いやらしいのはあなた。わたしじゃない」

「いやらしい、卑猥ということは、いいことなんだよ。特に少女は」

「あう……」

弘樹には何を言っても無駄だと結愛はわかっている。全裸以上に恥ずかしい裸ランドセルの羞恥は結愛の露出マゾヒズムを強く刺激した。

「こっち向いてぇ」

後ろからお尻とランドセルを撮られて言われ、首をひねって弘樹を振り返った。情けないような表情になっているが、ビデオで撮られてもお尻が恥ずかしいままその場にじっと立っていた。

「おお、いいよ。じゃあ、下に行こう」

階段を下りて居間を通り、キッチンに入った。

「この上に乗って」

「えっ、そんなことして、どうするのぉ？」

「流し台の上の裸ランドセル少女……てなことで」

「やーん、変なことさせないでぇ」

結愛は流し台に上がらされた。もうそれだけで、晒し者になる感じがして、俄然羞恥と屈辱感が強くなった。脚を閉じてしゃがんでいたが、弘樹に「開いて」と、膝小僧を摑まれてぐいと広げさせられた。

「い、いやぁっ」

しゃがみポーズで高いところにいて開脚したら、最も隠しておきたいところが丸見えになってしまう。

「開くんだ、ガバッとぉ」

「あうあああっ」

閉じ気味になる太腿を手で押し分けられて、九十度近くにまで開脚してしまった。

「大股開きをキープ！」

「ああっ」

大きな声で命令されてショックを受けた。でも、もう半ば観念している。自分から電話して親がいないのをいいことに来てもらった。しかもセックスを予告されていたのに。確かに裸ランドセルとか、筆で愛撫するとか卑猥な行為は想像していなかったが、大人の男の性欲の酷さはとうに理解していた。

弘樹は三脚を伸ばしてビデオカメラを取り付けた。固定して撮れるようにして、使えるようになった両手でいやらしいイタズラをするつもりらしい。

それは結愛も容易に想像できた。まだ筆も持っているから、感じるところをくすぐられる。結愛は覚悟していた。

お尻は流し台につけずにしゃがんで脚を大きく開いたままの状態を言われたようにキープさせられている。羞恥で涙がこぼれてきそうだ。

「学年と名前をフルネームで言って、オマ×コ見せますって言うんだ」

「うあぁ、そ、そんな恥ずかしいことを？」

「言うんだ。声も姿もばっちり映像に残して、あとで見て楽しませてもらう」

「ああっ……。×学×年生、町田結愛……オ、オマ×コ見せますっ」

大股開きで大陰唇も開き、中の襞びらもお穴も剝き出し状態。しかも愛液で濡れ光っている。全部見られ、撮られて、恥辱の言葉を言わされた。

「もっと開いて、限界まで」

「ああっ」

「オマ×コを自分の指で開いて」

「で、できないっ」

「指でV字に……もう一度、学年と名前を大きな声で言うんだ」

再度言わされて、手を股間へ下ろし、命じられたとおり指二本でパックリと恥裂をくつろげた。

「ふふふ、割れ目が開いたままになったな」

弘樹が手を伸ばしてきて、何かしようとしている。

「あっ！」

左の乳首をつままれた。結愛は快感でグラッと身体が揺れて、右の乳首もつまんで引っ張られた。その状態がしばらく維持されたあと、指で捩子を回すように揉まれはじめた。

「い、いやぁ、だめですぅ……あっ、あぁン」

性感の鋭い乳首を弄ばれて、弘樹から思わず顔を背けた。眼を閉じて口を真一文字に結ぶ。

「ぐふふふふ」

羞恥と快感の煩悶《はんもん》を低い声で笑われながら、乳首を平たくなるまでつままれた。

「ひいっ……しないでぇ！」

キュンと感じてしまい、狭い流し台の上で身体をくねらせた。

恐いことになぜかふだんより感じてしまう。

乳頭は小さいが、一つまみできる大きさはあって、厚い乳輪からピョコンと飛び出している。乳首は人差し指と中指の間で挟まれて、尖った先端を親指の腹でスリスリと擦られた。面白そうにしばらく乳首だけ弄られた。

「い、いやぁ……やめてぇ……あ、ああああっ……」

感じたくない――。そう念じても、意地の悪い弘樹が見ている前で、乳頭がキリキリ尖って勃起してしまった。

無理やりでも乳首をそんなふうに執拗に弄られたら、どうしても感じてしまう。快感がつのり、少女なのに乳房の脂肪が張り詰めてきた。

結愛は眉を美しく歪め、快感で口が半開きになった。

「あふぅン！」

情けない快感の声が鼻腔に響く。秘められた括約筋までがキュッと締まった。

結愛は九十度くらいに開脚していたが、弘樹に太腿を手で押し分けられてさらなる開脚を促された。弘樹の眼前で股間を全開させていく。

（もう、だめぇ……）

裸の股間を晒す羞恥で身体が熱くなり、白肌がピンクに染まっていく。眼差しは許してと嘆くような哀願の色を映した。

「丸見えだ。むふ、ふふふ」

笑われて顔を背けた。秘部を晒して半泣きの表情に崩れ、現実を見たくないという思いで固く眼を閉じた。

開脚によって大陰唇が開くと、サーモンピンクの粘膜が覗けて、縁が少しギザギザして見える膣口まで顔を出してきた。結愛は羞恥の涙を流していく。

指で陰核包皮を押し上げられて、朝顔の蕾のような包皮がめくれたところへ指が伸びてきた。人差し指の腹でクリトリスを圧迫されて、前後にゆっくり摩擦されていく。結愛が手で肉芽を庇おうとすると、その手をさっとのけられて、包皮を強く押し上げられ、完全に顔を出した肉芽を唾をつけた指で細かく摩擦されはじめた。

「いやぁっ、だ、だめぇーっ……」

敏感そのものの肉突起が辛いほどピクピク反応し、強い快感に巻き込まれていく。のけ反って身体の重心が不安定になり、後ろの壁に倒れかかりそうになった。ランドセルが壁に当たってつかえたが、後ろ手をついて身体を支えた。

弘樹がニヤリと笑う。結愛の肉芽はちょっと大きな爪の指で「の」の字を書くように、ぐるぐるとすばやく揉んで捏ねられた。

「あン、あぁあああぁーン！」

発情を知らせる悩ましい声を漏らしてしまった。羞恥して脚を閉じようとする。

「だめだ」

弘樹に内腿を押されて開脚させられた。

ピンクの肉真珠を指でこねくり回されると、強い快感が媚肉全体にさざ波のように伝わった。

「はあうっ！」

カクンと、腰が大きく揺れた。尻餅をついて、尻たぶでステンレスの流し台の冷たさを味わった。

「完全に開いてるな……」

弘樹が首を伸ばして恥裂を見ながら言う。そのとき、充血した二枚のラビアは花弁を開いていた。赤味の濃い裏側をも披露している。

「いやらしくハの字に開いてる。それに膨らんでる……」

肉芽を摩擦されながら、同時にもう一方の手で充血した小陰唇を引っ張られた。するとサーモンピンクの膣が覗けてきた。

濡れた膣穴に、弘樹の指が接触した。

「そ、そこ、だめぇ！」

刺激に弱い膣粘膜で弘樹の指を感じて、身体がビクンと痙攣した。

結愛の膣はヌルッとしていて、その濡れを弘樹は指で味わっている。何度か指先でなぞられた。さらに、少し節くれだった指が敏感な姫貝の内部へ侵入してきた。

「アアアアッ！」

人差し指を第二関節まで挿入された。

「むふふ……」

指の腹を上にされて、奥で上へ曲げられた。指先がGスポットを圧迫して、結愛は下腹に力が入った。「アンッ」と鼻にかかる声が漏れて、平たい下腹が凹んだ。

膣壁で指の曲げ伸ばしを感じる。同時にシンメトリーに整った小陰唇の上部に息づくピンクの肉真珠を、指の爪でカリカリと掻かれて刺激された。

「あっ、いやっ、くうっ……あはぁあああーっ！」

結愛は膣壁の深い快感と陰核亀頭の鋭い快感が重なると、幼い美顔が辛く歪む表情になった。机の上で大股開きの恥辱を味わいながら、腰がビクンと跳ねた。

「ははは、腰をピクピクさせちゃって」

結愛は快感に翻弄されて、下半身を痙攣するように揺らしつづけた。

（ああ、これ以上されたら、わたし……）

結愛は自分がどうなるか想像できた。恥ずかしい喘ぎ声をあげて最後は絶頂を迎えてしまうのだ。

グチャ、グチョと膣壁を指でえぐられて、愛液が膣口の外まで溢れてきた。

「ははは、濡れちゃってる。いやって言いながら、受け入れてしまってるじゃないか」

弘樹に言われて、もう否定の言葉も言えなかった。聞きたくないっ……と、心で拒否するが、力なく首を振るだけになった。

執拗に膣と肉芽を愛撫されて、子宮までキュンと響いてくる。

結愛は弘樹に濡れた秘部と顔の表情を交互に見られていることに気づいた。眼が合ってしまい、思わず顔を背けるが、弘樹にニヤリと笑われた。

そんな状態でも、膣が弘樹の指をキュッと締めてしまう。甘美な快感に心が揺れ動き、愛液がねっとりと垂れ漏れるのを止めることができない。

「ほら、愛液が垂れてきたよ」

膣に入った弘樹の指の下からツーッと透明な粘糸が引いて降りてきた。結愛は愛液の溢れに悩ましくなってしまう。自分の意志で止めることはできない。

指を抜いた弘樹が結愛の股間に顔を埋めてきた。

「いやぁーっ！」

思わず手で弘樹の頭を押して離させようとした。

弘樹の口が秘唇に吸着した。ネロネロと膣粘膜を舐められていく。

「ああっ、だめぇっ……」

弘樹の頭を離させようとして抗う。

抵抗されるのが面白いのだろうか。こもった笑い声が聞こえてきた。

秘穴から肉芽まで幾度も執拗に舐め上げられていく。狂おしいような快感が淫膣と肉芽に張り付いた。

さらに充血突起した陰核を、舌先でチロチロと細かく意地悪く舐められた。

「クハァッ！」

喉から息が詰まるような喘ぎが漏れて、思わず内腿で弘樹の頭を挟んでしまった。自然に弘樹の髪を摑んでしまい、舌先の巧みな細かい動きで愛撫を受ける。ナメクジが這うように舌で粘膜や肉襞、クリトリスを舐められていく。

「はあうっ！　いや、いやぁーっ……」

ビクン、ビクンと、身体が何度も強く痙攣した。

無理やりなのに嫌なのに感じてしまう。しかもかつて味わったことがないくらいの快感である。

少女の最も敏感な突起物を揉み捏ねられて、総身をブルッと震わせた。

「イッ……クッ……」

腰がせり上がってきた。両足で踏ん張って身体を支えている。

絶頂に達してしまいそうだ。イクと言いかけてその言葉を呑み込んだ。

クリトリスも指でせわしなく摩擦されつづけ、弾けさせられた。

「ああっ……イ、クッ……いやぁっ、アァアアアアーッ！」

オルガズムの波が押し寄せてきた。

ランドセルを背負った肩を大きく後ろへ反らせ、後頭部で硬い壁を押して身体を支えてしまう。

爪先を流し台に立てて、踏ん張った。

「あがぁっ……アンアアアアッ……」

快感の電気が背筋を脳天まで駆け上る。

ビクビクッと、全身に痙攣が起こり、尻と乳房の脂肪肉が打ち震えた。

「イッ……イグゥッ！」

再びのけ反って上体でブリッジをつくり、膣と子宮と陰核を淫らに弾けさせた。

「はふぅン」

せり上がっていた腰が、ガクッと落ちた。

尻肉で冷たいステンレスの流し台を味わっている。股間は全開したままだ。

結愛は脚を閉じながら、濡れそぼった秘唇を手でそっと隠した。

恥辱の中でオルガズムに達した結愛は、しばらく冷たい流し台の上に身体を横たえていた。快感が昂って愛液が溢れ出し、絶頂に達したのは、恥辱に満ちた行為に晒されて興奮してしまったからだった。

結愛はゆっくりと、気だるく上体を起こした。

弘樹に手を摑まれて引っ張られ、床に下ろされた。ランドセルを下すことは許されたが、今度はキッチンテーブルに上がらされた。

流し台よりましな気もしたが、さらに大きな開脚を求められた。

「あーっ、それはいやぁーん！」

またもや毛筆が使われはじめた。大股開きで剝き出しになった幼膣にゾクッとおぞましいほどの刺激が襲った。小筆で敏感な粘膜を撫でられたのだ。

「膣の穴から、ふふふ、オシッコの穴までで、ほら、ほーらぁ」

筆の先でスッ、スッと上下に撫でられた。

「あ、あああああっ……やぁあン！」

黒ずみのない乳白色の大陰唇もピンク色に染まりはじめていたが、膣粘膜は小筆で撫でられつづけて濃桃色に火照って濡れ濡れ状態になった。クリトリスもツンツンと突かれ、膣穴の縁はぐるぐる円を描いて撫で回された。

「そ、そんなこと、だめぇーっ、やぁぁぁーん！」

肉芽までもこちょこちょとくすぐられ、悩ましい快感に腰をくねらせてしまう。

「念入りにやっていくとぉ……むふふ、どうなるかなぁ？」

「うあぁン、それ、やだぁぁ。しないでぇ！」

涙声になりながら哀願すると、その顔を見られてニヤリと笑われ、かえって指で花びらをビラッと開かれてしまった。

「処女膜だね」

前にも言われた。それは特別な羞恥と屈辱感に苛《さいな》まれる少女性器の弱点で、指摘されたくないし、傷つけられたくない。

「あう、見ないで、触らないでぇ」

自分でも見たことがない処女膜を今、目と鼻の先で見られ、筆でくすぐられて弄られていく。息が苦しくなるような快感の生殺し状態が続いて、身体を左右によじり、強く背を反らせて忍耐したあと、「アアアッ！」と快感の声を迸《ほとばし》らせた。

「うわ、愛液がいっぱいだ」

夥しい量溢れてきている。結愛自身それはわかっていた。細かく愛撫する巧みさによって性感帯が発情させられて、膣口がグジュッと音を立てて締まった。

「オマ×コがひとりでに動いてる」

それを言われたくなかった。結愛は首を振っている。手で耳を覆いたいほどだった。

言われたとおり、結愛のピンクの膣はその幼い括約筋が繰り返しギュッ、ギュッと何度も収縮を繰り返していた。

そっと指先が膣に差し込まれ、同時に肉芽をせわしなく筆で撫でられ、捏ねられていく。

膣には疼痛を感じるが、もう快感が勝って、弘樹の人差し指の第一関節から先をクイクイ締めてしまった。

「あぁあああぁーっ！」

ついに快感が昂って止まらなくなった。お尻の穴も固く締まってくる。

「クゥゥッ……」

筆先で必死にすばやく摩擦され、クリトリス快感が研ぎ澄まされてきた。

「イッ、イクゥゥーッ！」

背中が痛いほど反って、全身が硬直した。

ビクッ、ビクンと、小さな腰が卑猥な痙攣を見せた。股を開いたり閉じたりした。

上体を横へ強くひねった。

「ほらぁ、イッたぁ」

耳への言葉の刺激も影響して、結愛は最後に一息「はふうっ」と息を吐いて、テーブルの上でガクッと落ちた。

結愛はようやくテーブルから下ろされたが、弘樹は二つの椅子を間を開けて並べはじめた。

結愛はそれを見ただけでピンときた。片足ずつ二つの椅子に乗せて大股開きにさせられる――。

想像したとおり、今度は椅子の上に脚を開いて立たされた。

弘樹の求めに従って、腰を落として大きくM字に開脚した。

「あぁ、こんな格好、ま、丸見えで、恥ずかしい！」

割れ目のお肉からお尻の穴まで赤裸々に露出した。

「美人の×学生の結愛ちゃんをイタズラしてたら、僕はもうおチ×ポがビンビンだよ」

弘樹はそう言いながら、三脚を動かしてビデオカメラを結愛に向けた。結愛は虚ろな眼でカメラを見ながら、力なく首を振っている。

弘樹がショルダーバッグから電マを出して、結愛の正面に座った。

「ああっ、それ使うのやだぁ、感じちゃう！」

電マは前に弘樹の部屋で使われた。幼膣、幼芽に押し当てられて激しく感じさせられた記憶がある。

床に座った弘樹が開いた股間を見上げてくる。下から肉芽に電マを当てられて、幼膣にズプッと指を挿入された。

「はあぁあぁあぁーうっ！」

指は第二関節まで入って、結愛は悲鳴をあげて顔をしかめ、膣に疼痛と快感が混在した強い刺激を感じた。

さらに指の根元まで深く挿入された。

結愛は声にならない悲鳴を脳内で弾けさせた。クリトリスと膣の穴を同時に玩弄されていくと、強い刺激が結愛の陰部に襲ってきた。敏感そのものの少女の二カ所のポイントをイタズラされて、オマ×コ全体が快感の波に覆われた。

「Gスポットはどこかなあ？」

挿入された指が膣壁をグッと圧迫して曲げられた。指先でぐりぐりと揉んでくる。

「やぁあぁンッ。だ、だめぇぇぇーっ！」

急にキュンとくるたまらない刺激に見舞われた。結愛の未発達なGスポットのツボは的確に捕捉《ほそく》されていた。

（何度もイカせようとしてる！）

それを結愛はひしひしと感じていた。弘樹はそのことに執念を持っているようにさえ思えた。時間をかけて汗びっしょりになるまでやり抜こうとしている。結愛も快感を忍耐するあまり額に汗が噴き出て、身体もじっとり汗ばんできた。

顔も身体も紅潮して快感に敏感になっている。まだ電マも肉芽に押し当てられて、結愛は少女なのにビクン、ビクンと何度も身体を引き攣らせた。

膣のそんなに深くないところに指先をぐっと食い込まされている。その状態が長く続いて、複雑に動かされて揉まれ、リズミカルに擦られた。

電マによるクリトリスへのバイブがビンビン効いている。

（ま、また、イクゥ！　おかしくなっちゃうぅ！）

気をそらそうとしたが、イキそうになった。でも、もうイキたくなかった。

無理やりの快感で自分を見失ってしまいそうだった。

たとえ好きな人にでも、心と関係なく身体にだけ直接イタズラされ、望まない絶頂感を押し付けられるなら、その人と自分の性器だけの関係になって、彼の存在が遠くなっていくような気さえする。

でも、今は、クリトリスと膣が滅茶苦茶に感じてしまっている。

快感で身体が浮いてきそう。椅子の上で身体がぐらっと揺れた。

ビチュ……ジュルッ……。

愛液が弘樹の指に絡んで、膣穴から外へ飛沫になって出てきた。

「おお、締まってくる。イケ、イキまくれ！」

弘樹の言葉で幼膣がクイクイ締まるオマ×コ力が強くなった。

「イグッ……ああっ……イッ、クゥッ……イクイクーッ……イクゥウウーッ！」

結愛はすべてを晒して、絶頂に達していった。

第八章　背徳の二穴処女淫姦

イキまくって、しばらくぐったりと床に身を横たえた結愛は、ランドセルを下され、もう解放されるのかとふと思って身体を起こした。一度に複数回絶頂に導かれたのは初めてだった。

自分で行うオナニーでもこれまで一度にイクのは一回きりで終えていた。だから、いったん終わって、パンティやシャツを着せてもらえるのではないかと考えていた。

「玄関に行くよ」

弘樹に言われた結愛は、何が目的なのか一瞬わからなかった。

裸のまま玄関に連れていかれた。

まだ勃ったおチ×ポはアソコに入れられていない。それを思うと、恐くなってきた。

弘樹は居間にあった立て掛ける形の鏡を取って玄関まで持ってきた。

「こういうところでやると興奮するんだ」

「えーっ、玄関で？　わたし、玄関なんかで、さ、されちゃうのぉ！」

弘樹の眼にセックスする意思を感じた結愛は、玄関という場所で処女喪失させられることの異常さを思って声を荒げた。

結愛は玄関のドアに向かって四つん這いにさせられた。

「鏡は顔の前に置いて見えるようにしておこう」

結愛の顔の前に鏡が置かれた。

「いやよ、こんなやり方」

バックポーズのとき割れ目も肛門も露になってしまうが、顔は見られない安心感のようなものがあった。ところが顔の前に鏡を置かれると、顔までも見られてさらに恥ずかしい思いをさせられる。

床に肘と膝をついて痛いが、尻高な四つん這いの羞恥と屈辱で身も心も悩ましく悶え、痛みなど気にならなくなった。

上体を下げて太腿を垂直に立てているため、かなり尻高なポーズとなっている。三脚に付けられたビデオカメラも結愛に向けられた。

結愛は腰が反って、顔がドアのほうを向く恥辱感を強いられた。

玄関に向かって床に膝をつき、バックポーズにさせられると、やってはいけない場所でエッチなことをやる。そんな快感と興奮の中に入っていく。

背後で見えないが、弘樹がズボンのベルトを外してジッパーを下す音が聞こえて、思わず後ろを振り返った。

ズボンを脱いだ弘樹が肉棒をぶらぶらさせて迫ってきた。

「顔を床につけて、お尻を上げろ」

興奮しているのか命令口調で来られて、ちょっと恐さも感じた。床に顔を伏せると、自然に両手の肘もついてお尻が上がった。そこを手刀でトントンと腰を叩かれた。

「ここを反らせ」

言われるまま腰を反らした。お尻がさらに上向いて、恥ずかしさで涙がポロリと頬を伝っていった。腰を両側から強く摑まれて、指の爪が肉に食い込んだ。

結愛は脚を開いていることが嫌で、何とか閉じた。

「ふふふ、だめだぞぉ」

嫌な声が聞こえる。どんなに脚をしっかり閉じて腿と腿を合わせても、オマ×コの大陰唇が露出していて、穴は男のおチ×ポのすぐ前に位置して狙い撃ちにされてしまう。バックからだと女の身体の構造上、挿入を防ぐことはできない。それが結愛にはわかった。嫌でもズボッと入ってしまう。

「むおお」

弘樹のどす黒い声が聞こえた。

白い幼尻を差し出した結愛は、自分が取っている格好が後ろからどう見えるか想像すると、赤面して羞恥と屈辱に震えてしまう。

（ああ、この角度はだめぇ……）

床に肘をついて尻を高く上げたうえ、腰も反らせた結愛は、その恥ずかしいポーズに慄いている。秘部がクリトリスまで含めて、弘樹から丸見えに違いない。

片手で尻たぶを摑まれて、尻の割れ目のすぐ近くに親指が食い込んできた。

（犯されちゃう！）

結愛は覚悟する。尻溝が横へぐっと引っ張られて痛い。セピア色の皺穴が覗けているはずだ。

弘樹は尻たぶから手を離したが、膝立ちになり、後ろから押し被さるようにして両手を乳房に伸ばしてきた。

「あうっ……」

同時に弘樹の腰がお尻に接近して、結愛は恥裂に亀頭の接触を感じた。背後から肉棒が迫ってくる。

振り返る結愛の眼に、手で肉棒を持って、膣穴に狙いをつける弘樹の姿が映った。

肉棒は怒りを発して、ビンッと勃ち漲っている。

「だめぇっ」

哀願する視線を送ったが、不気味な笑みで返された。青筋勃った肉棒を手で二、三度しごいて、さらに充血勃起させると、亀頭のカリも大きく張ってきた。

結愛は虫唾《むしず》が走って、弘樹の腰を後ろ手で押し戻そうとしたが、その手を払いのけられて、腰を左右からがっちりと摑まれた。逃がさないぞ、という意志を感じた。

赤黒く怒ったグロテスクな屹立が迫ってきて、亀頭が淫膣のとば口に着地した。

（来るっ……）

刹那、少女の最も敏感な部分で、はち切れそうな男の亀頭海綿体を感じた。

「し、しないでぇ！」

背後から腰をがっちり押さえられて、ハッとした刹那だった。愛液で濡れた膣に、膨張した亀頭がズブッと挿入された。

カウパー腺液のヌルッとする感触に怖気が震う。

「あぎゃっ……あぁ、入るぅ！」

腰骨を掴む力が強くなって支配されるような思いになった瞬間、膣穴をぶっくり膨らんだ亀頭で広げられた。

「だ、だめっ……ァァアアアアーッ！」

硬い肉棍棒がズブズブと淫らな幼膣に挿入されていく。

亀頭が侵入し、さらにゆっくりと硬い肉棒の胴が小さな膣口をメリメリと拡張しはじめた。

「痛ぁぁぁっ……マ、ママァ！」

覚悟はしていた。だが、たとえ愛液まみれの穴が滑りやすく、熱を持って弛んでいても少女の穴と大人の肉棒の直径はサイズが違い過ぎた。

結愛はパンパンに張った亀頭で膣底を押し上げられて、思わず上体を起こした。四つん這いで下を向いていた乳房が水平に前を向くまで、結愛は上半身を起こしていた。

「おらっ、×学生の少女ぉ……ズボッとだ！」

惨い言い方をされて、腰の反動をつけてドンと突かれた。

「ひぎゃあぁあああああーっ！」

結愛は激痛で絶叫した。

肉棒が結愛の胎内に突入してきた。日ごろ意識できない生殖器の位置と深さを今、勃起した肉棒で無理やり教えられている。

「ま、まだ、半分だ」

恐い言葉だった。半分しか入っていないと言われた。

（いや、いやだぁ、これ以上入れられたらぁ！）

恐怖で声も出なかった。もう大事なところのお肉が裂けそうなほど広がってしまった。

身体の奥まで入っている。なのに、まだ半分だけだなんて――。

「うほほ、顔が見える……」

また嫌な言葉を聞かされた。結愛は前に置かれた鏡を見るのが嫌で眼をそらしていたが、ちょっと見てしまった。今、自分の顔なんて見たくないし、見られるのはもっと嫌だった。

「そーれ、それぇ」

グッ、グッと肉の棍棒を膣内に押し込んできた。

「アアアッ……アァアアアッ……ま、待ってぇ！」

ガクガクッと、四つん這いの身体が揺れた。穴は裂けるほど広げられて、その疼痛は極点に達していたからそれ以上の痛みはないが、奥にズブズブ入ってきて、胎内まで嫌というほど拡張される犯され感が強くなった。

「あぁー、お、おチ×ポを、い、入れるのはしていいの。でも、痛くして泣かせて楽しむのは、いやぁぁ。優しくしてぇ、お願いっ」

結愛は必死に哀願の言葉を投げてきた。少女のものとも思えない哀切な音色の声だった。

「結愛ちゃん、女はね、みんな最初は痛いのを経験して、処女膜破れて、悲鳴あげて一人前になるんだよ。そのうち感じるようになって、肉棒をズコン、ズコン打ち込まれて、エクスタシー。むふふふ」

弘樹が結愛の腰骨を握り直して、腰のポジションをととのえる感じで、最後にズンと突いてきた。

「いンぎゃうっ！」

膨張して硬くなった亀頭が膣底をさらに腹膜のほうへと押し上げた。

「むおっ、子宮まで入ったぁ」

プリプリ張った亀頭海綿体を、結愛は膣奥でギュッと締めて味わった。その締りが本能的に持続して背が弓なりに反っていく。

「あうぅぅーン！　パパ、ママァ！」

肩まで痙攣して涙声を哀しく響かせた。

ゆっくりと味わうように、肉棒の抽送を繰り返された。肉棒が引いていくとき、膣壁が持っていかれるような掻き出される感じの刺激と快感に襲われた。

さらにブスリと突き刺すように嵌め込まれると、亀頭が一気に子宮まで入ってきた。オマ×コからお口までお腹の中を突き上げられる衝撃に見舞われ、可愛い口から舌が出てきてしまう。

後ろから胎内に勃起ペニスが突き進んでくる。ジュニアタンポンでキュンと感じさせられて胎内を認識させられたが、それが今、野太い凶暴なペニスに置き換えられた。タンポンと同日の談ではない。もちろん膣を貫通されて疼痛が続いている。

泣き顔を面白そうに見られながら、ズコン、ズコンと思いきりピストンされていく。その速度が増してきた。

「あぁあああうぅぅぅぅーっ！」

痛みは続いたが、快感にも襲われた。そして幼い膣壁がひとりでにギュッと強く肉棒を締めつけて離さなくなった。

「感じてきたか？　むぐぅ、締まってるぞぉ……ここもかっ」

「やぁああン」

敏感になったお尻の皺穴に指を入れられた。

「ほらぁ、やっぱりクイクイ締まってきてる。チ×ポも指も味わえ」

肉棒と指を交互に出し入れしてくる。ズボズボと繰り返し出し入れされて、二つの穴粘膜が感じて、その快感がお肉に張り付いた。

肉棒がゆっくりと引かれ、一気にズンと突っ込まれた。結愛は「ふがぁっ」と前方を睨んで苦悶した。そんなふうにわざとイジメるように抽送すると思ったら、幅の狭い範囲で高速の出し入れで啼《な》かされた。

そのとき亀頭のえらが結愛の膣壁を搔き出して、快感から思わずアハァンと声を漏らしてしまった。愛液がビジュッとまた外に飛び出してきた。繰り返しカリ高の亀頭で愛液が搔き出されていく。

弘樹の両手が胸に回されて、マシュマロのように柔らかい乳房を左右とも握りつぶされた。脂肪肉が歪《いびつ》に変形している。

「どんな顔してる。こっちを向け」

弘樹が首を伸ばして顔を覗くように見ようとした。

肉棒を剛毛が生えた根元まで嵌めたままにして顔を見ようとする。その嗜虐的な行為に結愛は虫唾が走るが、観念に近い心理にまで落ち込んでいた結愛は、言われるままロが半開きになりながら弘樹を振り返った。

顔を見てニタリと笑われてズルッと肉棒を引かれ、一呼吸置かれた。次の瞬間――。

「あぎゃあああっ！」

腰の反動をつけて、ドンと一突きで決められた。

結愛は最奥まで突っ込まれて、子宮をつぶされた。弘樹は完全に嵌め込んでおいて、腰をぐるぐる回転させてくる。肉棒の根っこを結愛の割れ目のお肉に擦りつけてきた。陰毛で大陰唇、小陰唇を擦られて、それが結愛にとっては大人の感触でもあった。

「ぐふふふ……」

背後からおぞましいような声が低く響いてくる。肉棒快感と犯す支配欲を同時に満足させているのがわかって、結愛はぐっと涙を呑んだ。

「そ、そんなふうに、しないでぇ……」

結愛は亀頭が子宮口にめり込む感触で、思わず床につけていた顔を起こし、弘樹に哀切な声で訴えた。

腰を抱えられて起こされ、両手を床につかされて前屈みにさせられていく。尻を弘樹のほうに高く上げる格好になると、さらに大きく開脚させられた。

腰骨を摑まれ、尻位置を固定された。

（バックから、メチャメチャに姦《や》られちゃう！）

　さらなる前傾姿勢の体位にさせられて覚悟する。

　肉棒が打ち込まれてくる。弘樹の腰骨が結愛の臀部にドンと当たった。尻たぶの脂肪肉が盛り上がって山になる。肉棒をズコッ、ズコッと、激しく打ち込まれはじめた。エネルギッシュに抽送してくる。

「あひぃ……ひン……いぎっ……ひぃぃぃぃーっ！」

　激しくピストンされるうち、結愛の虚空を睨む眼が潤んできた。膣壁が意志に反して肉棒を強く絞り込んでしまう。快感が積み重なって子宮が牝の本能を見せはじめた。

「も、もう、抜いてぇ」

「うん？　射精してほしいのか？　ははは」

　抜くという意味が違うが、結愛はわからなかった。亀頭が膣口に出てくるまで肉棒が引かれ、そこで止まった。

　突然肉棒のピストンがピタリと止まって、亀頭のみ膣口に挿入されている。何かスタンバイしているかのようだ。

「自分で尻を押し付けて来い！」

　命じられて刹那、思考が停止した。お尻を弘樹の肉棒のほうへ押し出せば、当然自分の胎内に肉棒が嵌ってくる。

「そ、そんなこと、いやぁ……」

結愛が命令に従えないでいると、髪をグイと摑まれた。

「いいから、お尻をチ×ポのほうに押し付けろよ」

頭が後ろへのけ反るまで髪を引っ張られた。

「ああっ、許してぇ」

乱暴にされて命じられ、結愛は仕方なくお尻を弘樹の肉棒のほうへ押し付けた。そのとき、弘樹も肉棒を突き出してきた。

「はうあああっ！」

前進する肉棒を膣で迎え撃つ形になって、勢いよくズボッと膣奥まで嵌った。犯してくる肉棒を自ら深みへと没入させる恥辱を味わいながら、繰り返される激しい抽送を受け入れる。

結愛のお尻に弘樹の腰がパコン、パコンと卑猥な音を立てて打ちつけられ、尻たぶが面白いほど波打っている。

（お、奥までくるっ……いやぁっ……自分からなんてしたくない！）

勃起した肉棒をこれでもかと嵌め込まれていく。乳房がブルン、ブルンと、前後に揺れた。乳房は形としては完全な円すいだが、肉質が蕩けそうに柔らかいため、バックポーズだと重みでやや下垂してくる。結愛の乳房は、肉棒のピストンによる反動で、小さくだが前後にプルプル揺れつづけた。

淫膣の泥濘《でいねい》をカリ高の亀頭によって掘り起こされ、身体が海老反って顎が上がってしまい、フグゥと呻いて歯を食いしばる。嫌なのに感じて淫壺がぐじゅぐじゅと音を立て、女として服従してしまいそうになる。

抽送のピッチが速くなった。

(だ、出されちゃう!)

その瞬間が迫ってきたことを悟った。

「あああっ、だめぇっ……イグ……クゥッ……」

声を噛み殺そうとするが、息が詰まってできない。

快感が積み重なって、膣壁がひとりでに肉棒をクイクイ締めつけている。

「イ、イクッ……いやぁっ、イクイク、イクゥーッ!」

生殖器の快感が背骨を通って脳天まで駆け上った。

ピンク色に火照った白肌がザッと鳥肌立った。

「お願いぃ、お、おチ×ポ……抜いてぇ……」

無駄とは思いつつも、情けない声で哀願した。

すると、意外なことに結愛の膣から肉棒がズルッと抜かれた。

結愛は自分で哀願しておきながら、まだ射精していないのに変だと思った。中出しはもちろん嫌だが、なぜさっさと肉棒を抜いてくれたのかわからない。

四つん這いが崩れ、冷たい床に身体を横たえて、弘樹を振り返った。

弘樹はショルダーバッグから何かの箱を取り出していた。

「イケない女の子はこれでお仕置きだよ」

その細長い箱から出したのは、携帯用の浣腸器だった。

「えっ、そ、それ……浣腸ぉ？　やだぁ！」

浣腸されるなんて思いもよらなかった。挿入と射精はある程度覚悟していた。だが、浣腸の二文字はまったく頭の中になかった。

「美容にもいいそうだよ」

とぼけた調子で言われた。

「浣腸されたら、出ちゃう。こんなところでだめぇぇ！」

「じゃあ、トイレとかバスルームでか？」

「は、はい」

結愛は狼狽えて思わず認めるようなことを言ってしまった。

「いや、そういうところじゃ面白くない。玄関でやると興奮する」

「うあぁっ……もう、おチ×ポを入れてもいいです。か、浣腸はいやーん！」

羞恥と屈辱と恐怖で取り乱す。首を振りたくって許しを乞うた。

だが、結愛の哀願に弘樹はニヤリと冷笑で応えて、長いノズルの付いた透明な浣腸器を手にして迫ってきた。

結愛は立ち上がろうとしたが、激しい肉棒のピストン攻撃ですでに足腰に力が入らない状態だった。手で弘樹を押し止めるような仕草をして、弱々しく尻込みするばかりだった。

「いいから」

弘樹に余裕を持って腰に手を回され、抱え込まれた。淫靡なノズルがお尻の穴に着地して、少し入ってきた。

「だめぇえっ……」

我慢して挿入を味わうが、ニューッと入ってくる感触で大きく息をして身体を揺らした。奥までズプッと入れられた。

「あぁあっ！」

細くてちょっと硬い管の挿入感で啼かされ、肛門から穴奥で受ける刺激によって、ピクンと身体に反応した。泣き顔になって弘樹に涙目の可愛い視線を送る。

「ひぃぃっ、浣腸なんてしちゃやだぁ！　いやぁーん！」

ノズルを細かく出し入れしてお尻の中で擦れるようにされた。結愛は慄きと快感と屈辱でかん高い抗いの声を披露した。

その十センチくらいの長いノズルは難なく肛門に挿入されてしまった。

「いやっ、いやっ、あぁあン！」

ノズルをお尻の穴から奥へと入れられてしまうと、あとは膨らんだ丸い容器を握りつぶして液をたっぷり浣腸されるだけになった。

「むふふふ、恥ずかしい露出マゾの女子×学生には、浣腸のお仕置きが一番だ。そーれぇ」

ピュ、ピューッと冷たい浣腸液が直腸内に注入された。

「やぁぁぁーん……え、液がぁ、は、入ってくるぅ！」

結愛は痛みは別として、肉棒挿入の処女喪失以上にショックを受けた。

可愛い小さな口から嘆くような悲鳴を奏でて、お尻をぐるっと回すように悶えている。

「いやぁぁ、お腹の中でキューンとくるぅ。で、出ちゃうからぁ」

「それなら、栓をしてやる」

弘樹はまたバッグから何か出してきた。白い円すい形のプラスチックの塊を手に持っている。

「アナルストッパーだ。これでばっちり栓ができると思うよ」

「えーっ、それをお尻の穴に入れるのぉ？」

「むはは、行くぞお」

「うあぁ、大きい！　無理ですぅ」

アナルストッパーは結愛の肛門にグリリとねじり込まれた。結愛の眼に涙が浮かぶ。

最後はズコッと勢いよく収まって、結愛はお尻の穴に刹那裂けるような痛みが走った。穴と直腸を拡張されながら、しっかりとその硬い異物を嵌め込まれた。

「ふンぎゃあうっ！」

「むお、嵌ったぁ」

結愛のお尻に埋め込まれた円すい形の栓の本体から、丸いつまみが飛び出している。

弘樹はそのつまみを持って意地悪く揺り動かした。

「あうあぁぁ、マ、ママァ、パパァ！」

「いひひ、ママもパパもいない。結愛ちゃん一人だけで、たっぷりと姦られていくんだ。それが望みだったんだろう？」

「あうぐぅ……だ、だめぇぇ……お、お尻の穴がぁ……」

望みだったと言われて、首を振って苦悶する。エッチな雰囲気、羞恥と快感。そのような少女の心に芽生えたある種M的な願望は確かにあった。でも、浣腸されるなんてありえない。

「さて、結愛ちゃーん」

いやらしい声を出して言うので、後ろを振り返ると、弘樹がズボンもブリーフも脱いで、勃起した肉棒を露出させているところだった。ブルンと手で上下に揺らしている。

「ああっ、こんな状態でっ……しないでぇ！」

今、すでに浣腸液で腸内にキューンと刺激が襲っている。そこへ勃起した肉棒を再び挿入される。浣腸を我慢させられながら犯されていくなんて、絶対耐えられない。

再び結愛のまん丸いお尻はしっかりと弘樹の両手で捕捉された。今度は脚を開きかけていたので、さらに膝を左右に離されて太腿がぐっと大きく開いてポジションがととのえられた。

開いた脚の間に、弘樹が膝立ちになって構えた。

「うンあぁぁ……だ、だめぇぇぇ！」

やや開いた大陰唇に亀頭が潜り込み、小陰唇も掻き分けてピトッと少女膣の姫穴に先っぽが着地した。

「まだまだ小さなピンク色の穴だ……」

後ろで不気味な声が聞こえた次の瞬間、漲り勃った肉棒が膣に嵌りはじめ、止まることなく最奥まで一気にズボッと没入してきた。

「はぁうぐぅぅぅ……あぐ、くはぁぁぁぁーっ！」

お尻の穴に栓をされた状態だから、膣道もお尻の穴奥の中から圧迫されている。そこに太い肉棒が強引に入ってきた。またググッと子宮口に亀頭がめり込んだ。

「ほーれ、嵌ったぁ……今度はフィニッシュまで行くぞぉ」

弘樹は子宮をねじ曲げておいてその達成感を味わっているように結愛には思えた。肉棒が引かれて膣襞を掻き出しながら、愛液まみれのヌルヌルの姿を現した。肉棒の出し入れが再開されると、結愛は観念の涙を呑む表情に落ち込んでいった。

充血膨張してギンギンに硬くなった肉棒がもう絶対抜けないと思われるくらい膣奥まで深く挿入されると、括約筋が収縮力を発揮して膣襞が亀頭に絡みついて放さなかった。

「あはぁうぅっ、浣腸して、栓をして、くはぁうぅ、お、おチ×ポを……いやぁあっ！」

ビクッ、ビクンと華奢な肢体を何度も痙攣させていく。

「あはあぁーう、あうン、ううぅーン！」

鼻から抜けていく喘ぎ声が少女のものとも思えない卑猥感を放っている。

「むほっ、い、いい……色気があって、おうっ、チ×ポにビンビンくる」

結愛の快感の淫声は頭頂に響いて鼻から抜けていく。全身が芋虫のように蠢き、悶えてブルブルッと痙攣した。

「もう出させて！」

ついに耐えられないくらい便意が高まった。

「お尻の穴で嵌めさせるか？」

「いやぁぁ」

今、お尻の中が暴れ回る浣腸液のせいで悶々としている最中、その穴でセックスさせるなんて辛過ぎた。

「嫌ならいい。とことん我慢しろ」

即座に言われて排泄させてもらえなくなった。

さらに肉棒のピストンが激しくなった。

「おトイレにぃ！」

泣いて懇願しても許されず、お尻の穴に栓をされた状態で膣内を肉棒が出入りしていく。

「まずオマ×コの中に射精させるか？」

「うあぁ、だめぇえっ」

「じゃあ、いつまでもこのままだ。お尻の中で浣腸液を全部吸収してしまえ」

「やぁぁぁーん、あぁー、さ、させますぅ」

結愛はとうとう音をあげてしまった。浣腸の煩悶で脳内が蕩けていた。膣襞も亀頭のえらで掻き出され、子宮も肉の棍棒で叩かれてねっとりした粘液を膣内に流出させていた。

「お尻の穴にも、チ×ポを嵌めさせるか？」

「させますっ。お、お尻の穴に、おチ×ポ入れさせますぅ！」

可愛い涙声を奏でて屈服した。同時に嵌りつづける肉棒を膣筋でクイクイ締めて絞り込む。

「何でもさせますから、お尻の栓を抜いてぇ！　おトイレにぃ！」

結愛は早く射精してもらって、栓を抜いてもらおうと思った。自らお尻を押しつけることによって、肉棒の突きを迎え撃ち、おチ×ポを繰り返し勢いよくズボッ、ズボッと膣内に迎え入れた。

「ああっ、イクイク、あうぅ……わたし、イキますぅ！　イクッ、イクゥゥゥーッ！」

結愛は排泄の忍耐と肉交の快感で号泣しながら、激しくイッた。

「おうぐあぁっ……で、出るっ……」

どす黒いような声が聞こえてきた。絶頂快感によってクイクイ締まりつづける幼膣で肉棒がビクン、ビクンと脈動するのを感じた。直後、膣奥にドビュッと射精された。

「イグゥッ……な、膣内《なか》は……ダメですっ！」

狼狽して訴えるが、子宮口に亀頭がねじり込まれ、押し上げられた。膣底にドンと衝突して子宮口を犯され、結愛は背を弓なりにして、口をポカァと開く。舌も出てきて上唇を舐める。

ドビユッ……ビュビュッ……ドピュルッ……。

「だめぇーっ！」

ドピュッ、ドピュル！

ドビュビュッ……ビチュッ……。

子宮内部にまで、数回多量に射精されていく。

弘樹の腰が力まかせに結愛の尻に押し付けられた。肉棒が膣底まで嵌め込まれるたび、熱液が吐き出されてくる。吐精しながら犯してくるおぞましい肉棒を括約筋で強く絞り込んでしまった。膣壁で肉棒をクイクイ締めているため、弘樹の膨らんだ尿道がビクン、ビクンと脈打つのがオマ×コでわかる。

ドビュビュッ！

「いやぁン、だめぇっ、あはっ、あああああうーっ！」

膣奥に熱い液弾を何発も撃ち込まれ、そのたびわなないて上体をのけ反らせた。

乳房と尻肉がブルッと打ち震えた。

くびれ腰も痛いほど反って、淫らな尻がせり上がった。

「膣内はいやぁっ！　やめてぇーっ！」

叫びは悲愴な音色になった。亀頭が子宮口に強く押し付けられて、子宮の中に直接精汁が飛び出してきた。

熱いものがジワリと子宮内部に満ちて、結愛は顎がクッと上がった。

「あふうっ」

口から快感と嘆きの嗚咽を奏でてしまう。

挿入を観念していた結愛も、胎内への吐精は越えられたくない一線だった。それなのに精汁をかけられた子宮から頸管《けいかん》粘液が漏れてきた。頸管粘液は男の精虫を子宮内へ導いてしまう。熱い淫液が子宮からジュルッと溢れ出るのを感じた。

「おうう……で、出た……」

弘樹が醜く呻いて、まだ半起ち状態の肉棒を結愛からズルリと抜いた。

「い、いやぁ……」

結愛はその場に崩れていく。

「赤ちゃんができちゃう！」

結愛はわななきながら、肉棒を膣で締めて白濁液の熱さとまったり感を味わった。

結愛は肉棒が膣内で起き上がる感触がして、弘樹が肛門に力を入れて締めたように感じた。最後に子宮口にじゅるっと精液を絞り出された。

「あはぁン……」

絶頂感で背が痛いほど反ったまま頭が起きてきている。幼膣で牡液を味わいつつ、ピンクの可愛い舌で上唇をねっとりと舐めた。

愛液と精液にまみれた肉棒が、ヌルッと結愛の胎内から抜けて出てきた。

まもなく結愛はトイレに入れられた。泣いて嫌がるのに、弘樹はいっしょに入ってきた。太いアヌス栓を肛門からズボッと抜かれ、一気に排泄させられた。狂おしい羞恥と快感で失神寸前だった。

風呂でお尻を洗われたが、割れ目にもシャワーを当てられて心底悶えさせられた。結愛はシャワーでオナニーをした経験もあったが、男にやってもらうのとではかなり快感に差があった。湯の放射を肉芽や膣に当てられて二度三度とイカされた。

風呂から出て身体を拭かれ、しばらくぐったりしていた。服を着ていいか訊こうと思ったとき、ふと弘樹を見ると、また勃起してきた肉棒に避妊用のゴムをつけているところだった。

「もう一度、バックポーズだ」

眼がギラギラしている。結愛は今度はどこに入れられるのか想像がついた。

玄関までは行かず、バスルームから出た狭い廊下で四つん這いにさせられた。悲しいことにもう四つん這いに慣れていて、廊下であってもそれほどショックを受けなかった。

後ろから左右のまん丸い尻たぶを摑まれ、「パカァ」と言われながら割られた。

「そこは、いやぁっ！」

すみれ色の皺穴に、後ろから硬くて太いものがグイと来た。

「あぎゃあぁああああぁーっ！」

ゴムをつけた肉棒で肛門を貫かれ、絶叫させられた。膣の挿入と大差ない痛みと刺激的な快感に襲われている。

「こ、ここも、ロリータは狭くて小さくて……す、すごいっ！」

腰をドンと突き出すので、一気に嵌ってしまう。両腕を後ろに伸ばさせて摑んで引っ張られ、後ろから強くズコズコと突かれつづける。

「ンアアアーッ！」

結愛の眼差しが凍える。黒目がちの大きな瞳に涙が浮かんで、ポロリと頬を伝った。

「ほーら、行くよ。奥まで深く入れちゃうぞぉ」

「許してぇ。恐いぃ！」

もう抵抗もできない状態だが、身体をひねってイヤイヤという顔で後ろを振り返った。すると、弘樹に平手でバチンとお尻を叩かれた。

「痛ぁーい」

幼膣を犯されてイカされまくったが、挿入抽送に慣れるということはなかった。いたいけな小さな皺穴は膣と同様勃起した肉棒の直径まで大きく拡張されている。

弘樹はズンズン嵌めつづけていたが、途中で肉棒からゴムを外し、生で抽送を再開した。

「おうう、すごいよ、結愛ちゃんのお尻は。痺れるくらい感じる」

邪悪な勃起がお尻の穴から奥へ奥へと深く挿入されて、結愛の肛門から出たり入ったりを繰り返す。

「あうぅン、ンクゥ！　はうあぁうン……だめぇえっ！」

肉棒を括約筋で無意識に締めて、弘樹に「うおおっ」と声をあげさせた。

「結愛ちゃん、また出そうだよ。結愛ちゃんもイキそうになったら、さっきみたいにそう言うんだ」

「い、いやぁ」

弘樹が言うようにイクイクと口走ってしまったのは事実だが、改めて言われると、その言葉を口にするのが恥ずかしくなった。

(でも、またイッてしまいそう。だって、イクって言うと、すごく感じちゃうから……)

結愛は口で言うのとは反対に、本音では男の前でその言葉を叫び、羞恥と屈辱を感じながら、自分を曝け出して絶頂に達していくことを望んでいた。オマ×コもお尻の穴も全部見られて、イキまくるのが理想だった。ただ弘樹とのやり取りでは否定している。

弘樹が肉棒を激しくピストンしはじめた。結愛は射精へ向けての最後の詰めに入ったことがわかった。

「おうわぁぁっ……で、出る……いや、まだだ。まだなんだ。結愛ちゃん、アナルでイケ！」

「やぁあン……あぁあああーう……だ、だめぇぇぇ……」

ズコン、ズコンと力まかせに嵌められるたび、肛門粘膜の辛い快感摩擦によって、気が狂いそうになっていく。もう自分でもギュッと穴を締めるだけ締めて、高速度で嵌ってくるおチ×ポを絞り込んだ。

すると、その気持ちと尻穴の快感が一体化して、急激に肛門の快感が昂ってきた。

「ンアッ……はンあうーっ！　あンン、くはぁあうン！」

ガクガクッと腰が上下に痙攣して、弘樹の肉棒のほうにお尻を押し付けたままになった。

「おうっらぁ、で、出るっ、出すっ！」

背後から、どす黒い呻き声が聞こえた。弘樹が野放図に声をあげると、結愛のお尻の穴から奥へ、ドピュッ、ドピュッ……と、数回射精された。まだ膣内が精液でドロドロしているのに、今度は肛門の奥、神秘の直腸に熱い精汁がかけられた。

「むほおぉ……」

後ろで淀んだ息を吐く声が聞こえた。

「ひゃあン」

肛門から肉棒がズルッと抜かれた。

（あぁン、お、お尻の穴がぁ……まだ開いちゃってるぅ）

四つん這いの姿勢を崩して、横座りになった。何を思ったのか、弘樹がすぐ前に立った。

「えっ？」

ヌルヌルになって膨らんだ亀頭が口に接近してきた。

ピクピク上下動する肉棒はわずかにグリセリンの臭いがした。何も言われなくても求められていることはわかる。

結愛は虚ろな眼差しになって、自らペロペロと亀頭を舐めはじめた。

「むお、少女はやっぱりすごい……いひひ、いいぞぉ。まだまだできる。勃ってくるぞぉ」

「うあぁ」

根の深いいやらしさを感じる言葉を聞かされて、怖気が震う思いだった。

「これからも、やらせるんだ。前に毛が生えてきたらゾリゾリ剃ってやるって言ったけど、毛抜きで抜くのもいいかな」

「いやぁ、そんな抜くなんて」

「痛ぁーいという声を聞いてみたいんだ」

「あぁ、恐いこと言ってるぅ。スケベなイジメ方しないでぇ」

毛を剃るとか、毛抜きで抜くとか、そういう言葉で卑猥な感じを出してきて、いやらしくイジメようとするのは弘樹の手管だと知っている。

実際やられるかどうかは別として、もしそんなことをされたらと思うと、心に芽生えはじめていたマゾな期待が膨らんでしまう。

結愛は小さな舌で、亀頭から尿道の膨らみまで繰り返しねっとりと舐めた。そうすることが男の人は好きなのだと本能的にわかった。プリプリ張った硬い亀頭をパクッと口に含んで、また口内でネロネロと亀頭を舐めていく。

「むほぉ、おおっ」

感じたようで、そのそそり勃った肉棒を口内深く入れてきた。結愛は膣にもお尻にも入ってきたビンビンのペニスを愛するようにジュッと強く吸った。

お口でおしゃぶりしてるっ……と、必ずしも無理やりではないから、自分の問題としてリアルに意識した。まだほんの子供なのに、お口の性欲を満たしておチ×ポしゃぶりをしている恥ずかしさで赤面する。

公園で惨いとも言えるお尻の穴のアナル棒責めと膣へのジュニアタンポン挿入という性イジメを受けたとき、とどめでおチ×ポしゃぶりをさせられて、精液をしこたまお口の中に発射された。

そのときは泣いたし、恥辱感で百四十八センチのコンパクトな肢体をブルッと震わせたが、今、口に咥えたチ×ポ棒の硬さ、亀頭のプリプリ感がイタズラ被害の意識を越えた快感になって、心にじわりと沁みてきている。

肉棒を強く吸うとわずかに亀頭が伸びてくるような感触があった。顔を前後動させてジュポ、ズポッと音を立てて、唇と舌で圧迫してしごく。そのうちおチ×ポの毛が口に入って顔をしかめたが、気にせずにお口のセックスを続けた。

プンとペニス臭がするのはまだ抵抗があるが、口で受ける感触でビンビンの勃ち具合がわかった。射精間近の勢いを感じて、結愛に飲ませてぇ……と、虚ろな眼になってくる。

「美人の女子×学生のフェラチオは……むおっ、本当に気持ちいい。うおお、でも、この美少女顔が小憎らしい。顔にドビュッとかけてやりたい！」

おチ×ポしゃぶりをする顔をじっくり見られて、恥ずかしくなり、その顔を背けたくなったが、花びらのような赤い唇を割って肉棒を挿入されているためできなかった。

結愛は急に口から肉棒をズルッと抜かれた。弘樹は快感がかなり昂ってきた顔をして肉棒を握っている。結愛は悪い予感がした。

「うあぁあああン」

握った肉棒をぐるぐる回して、亀頭を口と鼻に擦りつけられた。

上下左右にすばやく細かく擦りつけてくる。顔全体に亀頭をせわしなく擦りつけられていく。

「おらっ、少女っ、×年生の町田結愛……」

「うわぁン、名前言うの、いやぁっ」

「露出マゾ少女っ！　ぐあぁぁ、チ×ポの先が……ほらぁ、唇とぉ、鼻の尖ったところにぃ！」

ほとんど吐き捨てるように大きな声を出して、握った肉棒の先をぐりぐり擦りつけてくる。

充血して張り切った亀頭海綿体の感触を顔中で受けて、結愛は悩乱していく。特に唇から鼻頭へ上下にせわしなく擦りつけられて、あまりの恥辱と快感で涙が溢れてきた。

「お、おおおっ、おわぁあああっ！　ほらぁ、顔にだ……ドビュッとだぁ！」

まったりした精汁が可愛い小さな口からツンと尖った鼻に飛び出した。眉間にまで飛んで、華奢な顎にも垂れてきた。

結愛は顔中ねっとりしてしまい、頭がくらっとして精液がついた口がポカァと開いたままになった。

ハアハアと息が荒い弘樹がまだ眼をギラつかせて、いかにも満足そうな顔をして見下ろしてくる。

精液まみれになった顔に満足していることがわかる。結愛はすぐ手で拭ってはいけないような気がして、しばらく呆然とした顔をして弘樹を見上げていた。

「いい顔になってる……。今度はね、むふふ、乳首で感じまくってイクかどうか、試してみようよ」

弘樹は両手の人差し指に唾をつけて、まっすぐ左右の乳首に手を伸ばしてきた。敏感な乳首を上下に細かくすばやく擽るように愛撫しはじめた。

「ああン、はぁあン、そんなことされたら感じちゃう」

「乳首の快感は終わらないよ。ずーっと弄りつづけていたら、ピクンピクンと感じて、イクゥとなって、愛液がじゅるっと……」

眼を細めて言いながら、乳首を指先で刺激しつづけている。

「したらだめぇ。い、今、身体中どこでも感じちゃうの……」

結愛は自分の身に起こっていることを素直に口にした。指の爪で執拗に乳首の突端をカリカリと掻かれ、白肌がピンク色に火照った身体を悩ましくくねらせていく。

「あーう、乳首が勃っちゃった。今度はどこに先っぽを擦りつけるつもりなのぉ？」

結愛は内心してほしいと思ったことを弘樹に伝えようとしていた。